# 實用英語文法百科 5

分詞・連接詞・感嘆詞・片語

吳炳鍾・吳炳文◎著

**Practical English Grammar**

The Definitive Guide

# 前言

　　本人歷來認為國人在國內學習英文的捷徑，是跟著精通英語和教學的國人教師學習；學習英文文法，最好是閱讀國人編寫的英文文法書。因為國人教師和編者比較了解英文和中文的語言習慣及文法的異同，也了解國人學習英文的困難處和易錯處，更容易幫助學習者掌握好的學習方法，抓住重點，清楚地解釋難點，使學習者少走彎路。

　　為了適應中等程度及高等程度的華人讀者閱讀、學習、應考，或教授英文的需要，自1993年春，本人著手策劃編寫這部詳略適宜、系統完整、便於查閱，相當於一部文法百科的巨著，歷時十年，現終於脫稿，如願以償。

　　本書所以命名為《實用英語文法百科》，一是力求「實用」，即：盡力結合國人學習英文的實際需要，不將古老或罕見的用法納入本書；仍採用「先詞法，後句法」的傳統文法編寫方法，這種編法讀者熟悉，且條理清楚，查閱容易，符合認識規律；對文法規則的講解，內容詳細，重點凸出，例詞、例句豐富，針對性強並附有中文譯文，絕大部分用常用辭彙，簡明易懂，有淺有深，兼顧了不同程度讀者的需要。

　　二是力求「完整」，即：系統性和完整性強，包含了各項常

用的詞法和句法知識，兼顧了文體、口語、常規和例外的用法；在介紹傳統文法的同時，吸收了不少英美現代文法的新成果，及國內若干權威文法專著之長。

　　本人得以集中精力編成此書，要感謝內子林慧心女士多年來辛勤勞苦、無怨無悔、無微不至地照料我的生活起居，並給予精神上的安慰、支持；舍弟吳炳文和李婉瑩女士參加了策劃、編寫，付出了極大的心血。對此一併深表衷心感謝。

　　本書如有疏漏或不妥之處，務請專家和讀者指正。

吳炳鍾

於舊金山

# 用法説明

1. 本書的英文例句一律中譯。與例句相關的文法注釋,置於中譯之後的圓括弧內。如:

◈ Her family was very poor.
她家很窮。
(句中作主詞的「家庭」family 視為一個整體,用單數動詞)

◈ My family are all here.
我的家人都在這裡。
(句中作主詞的 family 指家庭中的每一個成員「家人」,是群體名詞,用複數動詞)

2. 在講述文法的句子中插入的英文例字、例詞,一般不加中譯。如:

「有些連綴動詞,如 feel, look, prove, smell, sound, taste,及片語動詞 run out 等,可以主動的形式表達被動的意義。」

3. 在講述文法的句子中插入的英文例字、例詞,如只有其中特定的意義適合在該處舉例,則在例字、例詞之後加中譯。如:

「有些表示狀態而非動作或沒有進行時態的及物動詞,如 become, benefit, contain, carry(搬運), catch(掛住), cost, enter(參加), fail, have(有), hold(容納), lack, last(維持;夠用), leave(離開), possess(擁有), resemble, suffice, suit 等,沒有被動語態。」

4. 需要強調的部分,以黑體字表示。如:

實用 英語文法 百科 5

◈ Your suitcase is the same as mine; I can't distinguish **which** is which.
你的手提箱和我的一樣，我分不出哪個是哪個。
（在 which is which 中第一個 which 做主詞，第二個 which 做主詞補語）

5. 底線〔＿〕在本書中表示句子中的有關成分，或表示劃線部分與加黑體字之間的關聯。如：

◈ The climate of Japan is not so mild as **that** of Taiwan.
日本的氣候不像臺灣的氣候那樣溫和。
（指代不可數名詞只可用 that）

6. 英文字的拼寫：凡是意義相同英美兩國拼法不相同的字，本書採用美式拼法。如：

|  | 美式拼法 | 英式拼法 |
|---|---|---|
| 中心 | **center** | centre |
| 支票 | **check** | cheque |
| 防衛 | **defense** | defence |

7. 需要標注音標的字，用 K.K. 音標表示。如：

◈ 情態助動詞 used to 中的 used 的讀音為 [just]，本動詞 use 的過去式 used 的讀音為 [juzd]。

◈ We should use "an" [æn], not "a" [ə], before the word "egg".
在 egg 這個字之前，我們應該用 an，而不用 a。

8. 斜線符號〔／〕在本書中的用法：表示可替換的字，皆置於斜線符號之後。如：

◈ They **acknowledged/admitted** having been defeated.

他們承認曾被擊敗。

❖ I'll **defer/postpone/delay** replying till I hear from her.
我將等到接到她的消息後再做答覆。

9. 星號〔＊〕置於表示文法上錯誤的、不可接受的句子或句子成分之前。如：

❖ *This is the person to who you spoke.
（介詞 to 的受詞應用 whom，此句中誤用了 who，因而是不可接受的）

10. 下列略字分別代表以下意義：

| [英]：英式英文 | [解]：解剖學 |
|---|---|
| [美]：美式英文 | [言]：語言學 |
| [語]：口語 | [礦]：礦物 |
| [俗]：俗語 | [古生]：古生物學 |
| [方]：方言 | [植]：植物學 |
| [主英]：主要用在英國 | [宗]：宗教 |
| [主美]：主要用在美國 | [生]：生物學 |
| [醫]：醫學 | [地]：地理學 |
| [藥]：藥物 | [天]：天文學 |
| [印]：印刷 | [動]：動物學 |
| [化]：化學 | [律]：法律 |
| [海]：海洋學 | [理]：物理學 |
| [心]：心理學 | [數]：數學 |
| [哲]：哲學 | [政]：政治學 |

| | |
|---|---|
| [修]：修辭學 | [邏]：邏輯學 |
| [玩]：玩具 | [地質]：地質學 |
| [生化]：生化學 | [電]：電氣 |
| [兒語]：兒童語 | [電腦]：電腦用語 |
| [棒球]：棒球用語 | [橋牌]：橋牌用語 |
| [直]：直接引句 | [間]：間接引句 |

# 目次
# *CONTENTS*

# Chapter 15

# 分詞
# The Participle

# 1 概說

## 1.1 分詞的定義

分詞是兼有動詞、形容詞和副詞性質的非限定動詞，不受主詞的人稱與單複數所限制。

## 1.2 分詞的種類

分詞分為現在分詞（present participle）和過去分詞（past participle）兩類。

注：現在分詞又可稱作 -ing 分詞（-ing participle）。過去分詞又可稱作 -ed 分詞（-ed participle）。

（一）現在分詞的典型構成方法是在原形動詞的字尾＋-ing。如：

beat → beating, do → doing, read → reading, work → working

（二）過去分詞有規則和不規則兩種。

A. 規則過去分詞的典型構成方法是在原形動詞的字尾＋-ed。如：

jump → jumped, listen → listened, start → started, work → worked

B. 不規則過去分詞無固定規則。如：

beat → beaten, do → done, put → put, write → written

# 1.3 分詞片語（participial phrase）

　　分詞具有動詞特徵，所以現在分詞可與其受詞、補語或修飾語一起構成現在分詞片語；過去分詞可與其受詞或修飾語一起構成過去分詞片語。如：

◈ Do you know the girl **making** paper flowers?
你認識那個做紙花的女孩嗎？
（現在分詞 making 與其受詞 paper flowers 一起構成現在分詞片語。）

◈ She wrote him a friendly letter, **sending** him her best wishes.
她寫了一封友好的信給他，向他致以最誠摯的祝福。
（現在分詞 sending 與其間接受詞 him 和直接受詞 her best wishes 一起構成現在分詞片語。）

◈ Anyone **wishing** to resign is requested to notify the Personnel Division.
想要辭職的人必須通知人事處。
（現在分詞 wishing 與作其受詞的不定詞 to resign 一起構成現在分詞片語。）

◈ The player **practicing** shooting is Mary's boyfriend.
練習投籃的運動員是瑪麗的男朋友。
（現在分詞 practicing 與作其受詞的動名詞 shooting 一起構成現在分詞片語。）

◈ The man, **shouting** loudly that he was innocent, was under arrest.

高喊自己無罪的那名男子被逮捕了。

（現在分詞 shouting 與其修飾語 loudly 及其受詞子句 that he was innocent 一起構成現在分詞片語。）

◈ She was seen **going** downstairs.

有人看見她下樓了。

（現在分詞 going 與其修飾語的副詞 downstairs 一起構成現在分詞片語。）

◈ **Walking** down the road, we saw a hospital.

我們順著路往前走，看到了一間醫院。

（現在分詞 walking 與其修飾語的介詞片語 down the road 一起構成現在分詞片語。）

◈ **Being** poor, he couldn't afford to send his boy to hospital.

他因為貧窮，沒錢送他的兒子去醫院。

（連綴動詞的現在分詞可與其補語的形容詞、副詞、介詞片語或名詞等一起構成現在分詞片語。此處現在分詞 being 與形容詞 poor 一起構成現在分詞片語。）

◈ This morning I came across a letter **written** in English.

今天早晨我偶然發現一封英文信。

（過去分詞 written 與其修飾語的介詞片語 in English 一起構成過去分詞片語。）

◈ **Handed** the letter, I read it at once.

信交給我後，我立刻看了。

（過去分詞 handed 與其保留受詞 the letter 一起構成過去分詞片語。）

# ② 分詞的時態

分詞的時態是指現在分詞有簡單式（或稱一般式）和完成式，其中及物動詞的現在分詞可分為主動語態和被動語；過去分詞只有一種形式，沒有時態和語態的變化。

## 2.1 現在分詞的形式

及物動詞的現在分詞有簡單式（或稱一般式）、完成式及主動語態和被動語態之分，其形式見下表：

**現在分詞形式變化表（以動詞 do 為例）**

| | 主動式 | | 被動式 | |
|---|---|---|---|---|
| | 肯定式 | 否定式 | 肯定式 | 否定式 |
| 簡單式 | doing | not doing | being done | not being done |
| 完成式 | having done | not having done | having been done | not having been done |

注一：在美式英文中，現在分詞完成式的否定式也可將 not 置於 having 後面。

注二：不及物動詞的現在分詞只有主動語態，沒有被動語態。

## 2.2 現在分詞的時態

### 2.2.1 現在分詞主動式的簡單式

現在分詞主動式的簡單式（simple active present participle）所

表示的動作，與主要動詞所表示的動作同時發生，或幾乎同時發生（在主要動詞所表示的動作之前或之後的短暫時間中發生）。如：

◈ **Walking** on her way home, the old woman was robbed.
　這位老婦人在走路回家的途中遭到搶劫。
　（現在分詞 walking 和主要動詞 was 同時發生。）

◈ She stood **talking** to a stranger then.
　當時她站著和一位陌生人談話。
　（現在分詞 talking 和主要動詞 stood 同時發生。）

◈ **Returning** home, he began to write to her.
　他回到家後，開始寫信給她。
　（現在分詞 returning 在主要動詞 began 之前的短暫時間中發生。）

◈ She came up to me, **saying** "Glad to see you again."
　她來到我面前說：「很高興再見到你。」
　（現在分詞 saying 在主要動詞 came 之後的短暫時間中發生。）

## 2.2.2 現在分詞主動式的完成式

（一）現在分詞主動式的完成式（perfect active present participle）所表示的動作，發生在主要動詞所表示的動作之前，主要用作副詞，或用於獨立分詞構句／獨立分詞（absolute participial construction/absolute participle），表示時間或原因等意義，相當於副詞子句。如：

◈ **Having finished** his work, he came to teach me English.

（＝When he had finished his work, he came to teach me English.）

他做完工作之後來教我英文。

（分詞片語 having finished his work 發生在主要動詞 came 之前。）

◈ I couldn't go to the show with you, **having promised** to accompany Tom to see our teacher.

（＝I couldn't go to the show with you, because I had promised to accompany Tom to see our teacher.）

因為我已經答應陪湯姆去看我們的老師，所以不能和你一起去看表演了。

（分詞片語 having promised to accompany Tom to see our teacher 作狀語表示原因，發生在主要動詞 couldn't go 之前。）

◈ His parents **having left** for Singapore, he had to cook by himself.

（＝Since his parents had left for Singapore, he had to cook for himself.）

他的父母去新加坡了，他得自己做飯。

（獨立分詞構句 his parents having left for Singapore 表示原因，發生在主要動詞 had to cook 之前。）

（二）如果主要動詞的動作緊接在分詞動作結束之後發生，在時間概念不會引起誤解的情況下，現在分詞的完成式可由現在分詞的簡單式所代替。如：

◈ **Finishing** eating, we set out immediately.

我們吃完了飯，就立即出發了。

◈ **Opening** the drawer, she took out a pistol.
她打開抽屜，拿出了一支手槍。

（三）如果主要動詞的動作不是緊接在分詞動作結束之後發生，只能用現在分詞的完成式。如：

◈ **Having been** to Southeast Asia many times, Bob offered to be our guide.
鮑伯去過東南亞很多次，他提議要當我們的導遊。

◈ **Having been driving** all day, we felt rather tired.
我們開了一整天的車，感到相當疲累。

## 2.2.3 現在分詞被動式

（一）欲表示與主要動詞同時發生的被動動作時，用現在分詞簡單式的被動式（simple passive present participle）。如：

◈ The car **being repaired** is hers.
正在修理的汽車是她的。
（現在分詞簡單式的被動式 being repaired 作主詞 the car 的修飾語，與主要動詞 is 同時發生。）

◈ I couldn't bear to see the child **being treated** like that.
我不忍心看到這孩子受到那樣的對待。
（現在分詞簡單式的被動式 being treated like that 作受詞 the child 的補語，與主要動詞 couldn't bear 同時發生。）

◈ **Being asked** to sing a song, she couldn't very well refuse.
有人請她唱一首歌，她沒什麼理由／實在難以拒絕。
（現在分詞簡單式的被動式 being asked to sing a song 作分詞構句，與主要動詞 couldn't... refuse 同時發生。）

（二）有時現在分詞簡單式的被動式和現在分詞完成式的被動
式（perfect passive present participle），皆可表示已完成
的動作，一般用簡單式的被動式較好。但如果主要動詞
的動作不是緊接在分詞動作結束之後發生，只能用完成
式的被動式。如：

◈ **Being written** by a famous writer, the book <u>sells</u> well.
這本書因為是由知名作家所寫，賣得很好。

（強調銷售得很好和由誰著作的因果關係，而不是強調兩個動作
發生的時間先後，用 being written 比 having been written 好。）

◈ **Having been warned** not to stay in this city, he <u>left</u> for a
faraway village.
有人警告他不要留在此城市，他動身前往一個遙遠的村莊。

（強調發生在主要動詞 left 之前，用現在分詞完成式的被動式
having been warned。）

（三）現在分詞的被動語態如不強調此動作發生在主要動詞的
動作之前，其中的 being 或 having been 可以省略，只用
過去分詞。如：

◈ The old house, (**being**) **painted** white, <u>looks</u> much better.
這棟舊房子漆成了白色，看起來好多了。

◈ (**Being**) **Written** in haste, the book <u>is</u> full of mistakes.
此書寫得倉促，因而錯誤百出。

◈ The key, (**having been**) **lost** <u>yesterday</u>, was found
underneath his bed.
昨天遺失的那把鑰匙在他的床下找到了。

（四）現在分詞被動式「being＋過去分詞」，與過去分詞單獨
　　　作名詞或代名詞等的修飾語，在意義上有區別，前者表
　　　示進行，後者表示完成。如：

◈ The house **being built** is mine.
這間正在興建的房子是我的。
　（現在分詞被動式 being built 作名詞的後位修飾，表示動作正在
　進行。）

◈ Some of the guests **invited** didn't show up.
有些受邀的客人沒有出席。
　（過去分詞 invited 作名詞的後位修飾，表示動作發生在過去。）

# ❸ 分詞在句中的作用

　　分詞是一種非限定動詞，在句中不可作主要動詞，但可與助
動詞一起構成限定動詞的多種時態和語態。分詞在句中具有形容
詞或副詞的作用，可以作補語、修飾語，還可以構成分詞構句或
獨立分詞構句等。

## 3.1 分詞作限定動詞的一部分

（一）現在分詞可與助動詞 be 一起構成進行式。如：

◈ When I came home, Mother was **cooking**.
我回到家時，媽媽正在做飯。

◈ I am **writing** a book。
我正在寫一本書。

（二）過去分詞可與助動詞 have 一起構成完成式。如：

◈ I have **seen** the film.
我已經看過那部電影。

◈ He had **been** a five-star general before he was elected President.
他當選總統之前是一名五星上將。

（三）be 動詞與過去分詞一起構成被動語態。如：

◈ English is **spoken** in America.
在美國說英文。

◈ He was **made** to do this.
他被迫做此事。

（四）be 動詞與不及物動詞的過去分詞連用，可代替完成式。如：

◈ He is **gone**.
他走了。
（本句相當於 "He has **gone**." 。）

◈ The post office was **closed** when I got there.
我到那裡的時候，郵局已經關門了。
（本句相當於 "The post office had **closed** when I got there." 。）

## 3.2 分詞作主詞補語

（一）現在分詞和過去分詞作主詞補語時，表示分詞和主要動詞的動作是同時或伴隨發生的。

　　分詞位於 be（是）、remain（一直，仍然）、keep（不斷，一直）、sit（坐著）、stand（站著）、lie（躺著）、come（變得）、go（處於或保持某種狀態）之後，以及 hear（聽見）、see（看見）、notice（注意到，見到）、observe（看到，觀察到）、watch（觀察到）等動詞之後，或 get（使）、keep（使，讓）、set（使）等使役動詞之後，常可作主詞補語。如：

◈ The news that all miners survived <u>is</u> **encouraging**.
全部礦工都倖存的消息令人鼓舞。
（現在分詞 encouraging 在 be 動詞之後作主詞補語。）

◈ She <u>remained</u> **listening**.
她一直在聽。
（現在分詞 listening 在連綴動詞 remain 之後作主詞補語。）

◈ He <u>kept</u> **talking** for hours.
他持續講了好幾個小時。
（現在分詞 talking 在動詞 keep 之後作主詞補語。）

◈ He <u>used to sit</u> in the public library **reading** when he was in London.
他在倫敦時常常坐在公共圖書館裡看書。
（現在分詞 reading 在動詞 sit 之後作主詞補語，表示伴隨主要動詞發生的動作。）

◈ She <u>stood</u> **leaning** against the door.
她靠著門站著。
（現在分詞 leaning 在動詞 stand 之後作主詞補語，表示伴隨主要動詞發生的動作。）

◈ She <u>was heard</u> **singing** loudly at midnight.
半夜聽到她大聲唱歌。

（現在分詞片語 singing loudly 在主要動詞 hear 的被動語態後作主詞補語。）

◈ The man <u>was seen</u> **picking** <u>a purse</u> in a shop.
有人在商店裡看見這名男子在偷錢包。

（現在分詞片語 picking a purse 在主要動詞 see 的被動語態後作主詞補語。）

◈ He <u>was noticed</u> **stealing** <u>into the storehouse</u> at that time.
那時有人注意到他偷偷地溜進了倉庫。

（現在分詞片語 stealing into the storehouse 在主要動詞 notice 的被動語態後作主詞補語。）

◈ The man <u>was observed</u> **trying** <u>to force the lock</u>.
有人看到那名男子正在設法撬鎖。

（現在分詞片語 trying to force the lock 在主要動詞 observe 的被動語態後作主詞補語。）

◈ He <u>was watched</u> **being beaten up** <u>badly</u>.
有人看到他正慘遭毒打。

（現在分詞片語 being beaten up badly 在主要動詞 watch 的被動語態後作主詞補語。）

◈ Sheets of paper <u>lay</u> **scattered** <u>about the room</u>.
幾張紙散落在房裡。

（現在分詞片語 scattered about the room 在動詞 lay 之後作主詞補語，表示伴隨主要動詞發生的動作。）

◈ Your shoe laces <u>have come</u> **undone**.
你的鞋帶鬆了。
（表示否定意義的過去分詞可在 come 之後作主詞補語。）

◈ Considering his age, he<u>'ll go</u> **unpunished**.
有鑑於他年紀的關係，他將不受懲辦。
（表示否定意義的過去分詞可在 go 之後作主詞補語。）

（二）作主詞補語的現在分詞還可用在倒裝結構中。如：

◈ **<u>Leading</u> to his villa** is a very delightful road.
通往他別墅的路非常宜人。
（現在分詞片語 leading to his villa 作 a very delightful road 的補語。）

◈ **<u>Standing</u> at the gate** was a young man with a gun in his hand.
站在大門前的是一個手中持槍的年輕人。
（現在分詞片語 standing at the gate 作 a young man 的補語。）

（三）「be 動詞＋現在分詞」構成的進行式，表示動作；現在分詞作主詞補語時，表示狀態。如：

◈ She <u>is</u> still **living** alone.
她仍獨自生活。
（is... living 是「be 動詞＋現在分詞」構成的進行式，表示動作。）

◈ One of my grandpa's teachers <u>is</u> still **living**.
我爺爺的老師之一仍活著。
（living 作主詞補語，表示狀態。）

（四）「be 動詞＋過去分詞」構成被動語態，表示動作。「be 動詞或其他連綴動詞＋過去分詞」時，其中過去分詞當作主詞補語，表示狀態。如：

◈ The letter <u>was</u> **written** with great care.
這封信寫得很用心。
（「be 動詞＋過去分詞」構成被動語態，表示動作。）

◈ The letter <u>is</u> well **written**.
這封信寫得很好。
（written 作主詞補語，表示狀態。）

◈ I <u>felt</u> **exhausted** after a ten thousand meter run.
我跑了一萬公尺後感到筋疲力盡。
（exhausted 作主詞補語，表示狀態。）

◈ My housing problem still <u>remains</u> **unsettled**.
我還沒解決住的問題。
（unsettled 作主詞補語，表示狀態。）

# 3.3 分詞作受詞補語

（一）現在分詞可以在動詞或動詞片語的受詞後面作補語，表示分詞和主要動詞的動作是同時發生。如：

◈ The headmaster <u>caught</u> your little son **smoking**.
校長抓到你的小兒子在抽菸。
（現在分詞 smoking 作 catch 的受詞補語。）

◈ I could <u>feel</u> the warm breeze **blowing** on my face.
我可以感覺到溫暖的微風迎面吹來。
（現在分詞片語 blowing on my face 作 feel 的受詞補語。）

◈ When I came home, I <u>found</u> Mary **weeping**.
當我回家時，我發現瑪麗在哭。
（現在分詞 weeping 作 find 的受詞補語。）

◈ His words soon <u>got</u> me **thinking** again.
他的話讓我很快重新思考。
（現在分詞片語 thinking again 作 get 的受詞補語。）

◈ I tried to <u>get</u> her **talking**, but failed.
我想讓她說話，但沒有成功。
（現在分詞 talking 作 get 的受詞補語。）

◈ I <u>heard</u> someone **knocking** at the door.
我聽到有人在敲門。
（現在分詞片語 knocking at the door 作 hear 的受詞補語。）

◈ She <u>kept</u> him **waiting** for three years.
她讓他等了三年。
（現在分詞片語 waiting for three years 作 keep 的受詞補語。）

◈ His behavior <u>left</u> me **feeling** pretty bad.
他的行為使我感到相當難受。
（現在分詞片語 feeling pretty bad 作 leave 的受詞補語。）

◈ He often <u>listens to</u> his daughter **playing** the piano.
他常常聽他的女兒彈鋼琴。
（現在分詞片語 playing the piano 作 listen to 的受詞補語。）

◈ I <u>didn't notice</u> him **leaving** the office.
我沒有注意到他離開辦公室。
（現在分詞片語 leaving the office 作 notice 的受詞補語。）

◈ He <u>observed</u> a stranger **opening** the door.
他看見一個陌生人在開門。
（現在分詞片語 opening the door 作 observe 的受詞補語。）

◈ I <u>saw</u> you **chatting** with an old woman.
我看到你和一位老婦人在聊天。
（現在分詞片語 chatting with an old woman 作 see 的受詞補語。）

◈ They <u>sent</u> the enemy **flying**.
他們迫使敵人潰逃。
（現在分詞 flying 作 send 的受詞補語。）

◈ The fire <u>sent</u> everyone **running** out of the building.
每個人都因火災跑出了建築物。
（現在分詞片語 running out of the building 作 send 的受詞補語。）

◈ Mother <u>watched</u> me **taking** the medicine.
媽媽看著我服藥。
（現在分詞片語 taking the medicine 作 watch 的受詞補語。）

（二）過去分詞可以接在動詞的受詞後面作補語，表示被動。
作受詞補語的過去分詞，通常表示已完成的動作，但如
主要動詞為進行式時，則表示正在進行的動作。如：

◈ She <u>felt</u> a great weight **taken** off her mind.
她感到如釋重負。
（過去分詞片語 taken off her mind 在主要動詞 feel 的受詞後面作
補語，表示被動和已完成的動作。）

◈ When he came back, he <u>found</u> his hometown <u>much</u> **changed**.

當他返鄉的時候，他發現故鄉改變了很多。

（過去分詞片語 much changed 在主要動詞 find 的受詞後面作補語，表示完成的動作。）

◈ She <u>got</u> her purse **mended**.

她請人修補了她的皮包。

（過去分詞 mended 在主要動詞 get 的受詞後面作補語，表示被動和已完成的動作。）

◈ You should <u>have</u> your hair **cut**.

你應該剪頭髮了。

（過去分詞 cut 在主要動詞 have 的受詞後面作補語，表示被動。）

◈ He <u>kept</u> his mouth <u>tightly</u> **closed** at the meeting.

他開會時一言不發。

（過去分詞片語 tightly closed 在主要動詞 keep 的受詞後面作補語，表示被動。）

◈ We <u>mustn't leave</u> the work **unfinished**.

我們一定要做完工作。

（過去分詞 unfinished 在主要動詞 leave 的受詞後作補語，表示被動。）

◈ What <u>made</u> you <u>so</u> **frightened**?

什麼事讓你如此害怕？

（過去分詞片語 so frightened 在主要動詞 make 的受詞後面作補語，表示被動。）

◈ I noticed her car **parked** outside.
　我注意到她的車停在外面。
　（過去分詞片語 parked outside 在主要動詞 notice 的受詞後面作補
　語，表示被動。）

◈ I've never seen the word **used** in that way.
　我從來沒有看過這個字有那種用法。
　（過去分詞片語 used in that way 在主要動詞 see 的受詞後面作補
　語，表示被動。）

◈ He watched all his property **carried** out of his house by
　the bandits.
　他眼睜睜看著家裡全部財產被那些土匪搬光。
　（過去分詞片語 carried out of his house by the bandits 在主要動詞
　watch 的受詞後面作補語，表示被動。）

## 3.4 分詞修飾名詞或代名詞的修飾

（一）現在分詞和過去分詞皆可放在名詞的前面或後面當修
　　　飾，但修飾代名詞時只能置於代名詞的後面。如：

◈ The **sleeping** baby looks very lovely.
　熟睡的寶寶看起來非常可愛。
　（現在分詞 sleeping 在名詞 baby 的前面作修飾。）

◈ The **injured** man was rushed to hospital.
　受傷的人被迅速送到醫院。
　（過去分詞 injured 在名詞 man 的前面作修飾。）

◈ We are talking about something **interesting**.
　我們正在談論一件有趣的事。
　（現在分詞 interesting 在代名詞 something 後面作修飾。）

◈ There were many high officials among <u>those **invited**</u>.
有很多高官都在邀請之列。

（過去分詞 invited 在代名詞 those 的後面作修飾。）

（二）分詞片語修飾名詞或代名詞，通常只可置於其後。如：

◈ I have a <u>friend **living**</u> in the city of New York.
我有一個朋友住在紐約市。

（現在分詞片語 living in the city of New York 在名詞 friend 的後面作修飾。）

◈ Your <u>letter **dated** May 20</u> has been received.
你五月二十號的來信收到了。

（過去分詞片語 dated May 20 在名詞片語 your letter 的後面作修飾。）

◈ <u>Those **asking** to see the general</u> please wait here.
求見將軍的人請在此等候。

（現在分詞片語 asking to see the general 在代名詞 those 的後面作修飾。）

◈ He is a <u>singer **known** all over the world</u>.
他是舉世聞名的歌唱家。

（過去分詞片語 known all over the world 在名詞 singer 的後面作修飾。）

（三）修飾名詞或代名詞的現在分詞片語，通常只可表示和主要動詞同時或幾乎同時發生的動作，以及經常的動作或狀態，相當於形容詞子句。如：

◈ Do you <u>know</u> the man **speaking** to the students?

你認識和學生們談話的那個人嗎？

（現在分詞片語 speaking to the student 表示和主要動詞 know 同時發生的動作，相當於 Do you know the man who is speaking to the students?）

◈ <u>Anyone</u> **understanding** French may take the exam.

懂法文的人都可以參加考試。

（相當於 Anyone who understands French may take the exam.）

◈ <u>The company</u> **making** computer dictionaries stands behind the park.

製造電腦字典的公司就位在公園後方。

（現在分詞片語 making computer dictionaries 表示經常的動作，相當於 The company which makes computer dictionaries stands behind the park.）

◈ <u>The temple</u> **facing** south was built two hundred years ago.

朝南的那座廟建於二百年前。

（現在分詞片語 facing the south 表示經常的狀態，與主要動詞所表示的動作發生時間不一致。相當於 The temple which faces south was built two hundred years ago.）

（四）表示職業行為或其他例行事務的動作修飾名詞或代名詞時，一般不用現在分詞，須用形容詞子句。如：

◈ The <u>girl **who looks after the baby**</u> earns eight hundred dollars a month.

照顧這個嬰兒的女孩月薪八百美元。

（以表示例行事務的動作修飾名詞時，須用形容詞子句。）

◈ The <u>woman **who teaches German in our school**</u> is Mrs. Green.

在我們學校教德文的女士是格林夫人。

（以表示職業行為的動作修飾名詞或代名詞時，須用形容詞子句。）

◈ The <u>girl **looking** after the baby</u> is twenty.
＝The <u>girl **who is looking after the baby**</u> is twenty.

照顧這個嬰兒的女孩現年二十歲。

（以表示現在的動作修飾名詞時，可用現在分詞或形容詞子句。）

◈ The <u>woman **teaching** German now</u> is Mrs. Green.
＝The <u>woman **who is teaching German now**</u> is Mrs. Green.

正在教德文的那位女士是格林夫人。

（以表示現在的動作修飾名詞時，可用現在分詞或形容詞子句。）

（五）如名詞的修飾語所表示的是過去已完成的動作，一般不可用現在分詞的完成式作後位修飾，要用形容詞子句作修飾語，但當被修飾的名詞或代名詞屬非限定性時，可以用現在分詞的完成式作後位修飾。如：

◈ I won't punish <u>the child **who admitted breaking the window**</u>.

我不會懲罰承認打破窗子的那名小孩。

（名詞 child 是特指的，只可用形容詞子句作後位修飾。）

◈ Students <u>**who have handed in their papers**</u> must leave the classroom.

交了試卷的學生必須離開教室。

（名詞 students 是特指的，只可用形容詞子句作後位修飾。）

◈ <u>**Any**</u> student **having handed in** <u>his paper</u> must leave the classroom.

交了試卷的學生必須離開教室。

（名詞 student 用不定形容詞 any 修飾，是泛指的，可以用現在分詞的完成式作後位修飾。）

◈ A person **having failed** <u>once</u> is very likely not to have courage to try again.

失敗了一次的人很可能沒有勇氣再試了。

（名詞 person 用不定冠詞 a 修飾，是泛指的，可以用現在分詞完成式作後位修飾。）

◈ <u>**Any**</u> person **having witnessed** <u>the attack</u> is under suspicion.

目擊這起攻擊事件的人都有嫌疑。

（名詞 person 被 any 修飾，是泛指的，可以用現在分詞完成式作後位修飾。）

（六）由 being 引導的現在分詞片語的主動式，不可作名詞或代名詞的修飾語，但現在分詞被動式「being＋過去分詞」就可以。如：

◈ Anyone <u>**who is over sixty**</u> should retire from this company.（○）

Anyone being over sixty should retire from this company.（×）

這間公司超過六十歲的人應該退休。

◈ The two **being questioned** will be released.（○）
The two **who are being questioned** will be released.
（✗）
正在訊問的兩人將被釋放。

（七）修飾名詞的分詞片語有限定的和非限定之分。

　　限定用法的分詞片語相當於一個限定的關係子句，與主要子句關係緊密不可缺少，否則句義就不清楚完整。非限定用法的分詞片語相當於一個非限定的關係子句，其作用是對其前面的名詞加以補充說明，即使沒有分詞片語，句義也是清楚完整的，須注意，非限定的分詞片語與主要子句之間須用逗點隔開。如：

◈ In the morning we usually have <u>milk</u> **containing** <u>vitamin A and D</u>.
我們早上通常喝含有維他命 A 和 D 的牛奶。
　　（限定用法的分詞片語 containing vitamin A and D 不可缺少，相當於限定的關係子句 that contains vitamin A and D。）

◈ In the morning we usually have <u>milk</u>, **containing** <u>vitamin A and D</u>.
我們早上通常喝牛奶，牛奶含有維他命 A 和 D。
　　（在非限定用法的分詞片語 containing vitamin A and D 之前用逗點與主要子句隔開，相當於一個非限定的關係子句 which contains vitamin A and D 補充說明主要子句。）

◈ The river **flowing** <u>through London</u> is the River Thames.
流過倫敦的河是泰晤士河。
　　（限定用法的分詞片語 flowing through London 不可缺少，相當於限定的關係子句 that flows through London。）

◈ The River Thames, **flowing** through London, is a beautiful river.

泰晤士河流經倫敦，是一條美麗的河。

（在非限定用法的分詞片語 flowing through London 的前後用逗點與主要子句隔開，相當於一個非限定的關係子句 which flows through London 補充說明主要子句。）

◈ There were few passengers **escaping** without serious injury.

逃出來的旅客幾乎都身受重傷。

（限定用法的分詞片語 escaping without serious injury 不可缺少，相當於限定的關係子句 that escaped without serious injury。）

◈ There were few passengers, **escaping** without serious injury.

好在沒什麼旅客，逃出來也沒受重傷

（在非限制用法的分詞片語 escaping without serious injury 之前用逗點與主要子句隔開，相當於一個非限定的關係子句 who escaped without serious injury 補充說明主要子句。）

（八）分詞可以用連字號與名詞、形容詞或副詞構成複合形容詞，用來修飾名詞，有時連字號可省略。

A. 由「名詞＋現在分詞」構成。如：

| | |
|---|---|
| awe-inspiring 令人敬畏的 | earth-shaking 驚天動地的 |
| heart-breaking 令人心碎的 | ocean-going 遠洋的 |

◈ He is an **awe-inspiring** general.

他是一位令人敬畏的將軍。

◈ It is an **earth-shaking** event.
那是一件驚天動地的事件。

B. 由「名詞＋過去分詞」構成。如：

| | |
|---|---|
| airborne 空運的 | air-conditioned 空氣調節的 |
| American-born 美國出生的 | breast-fed 母乳養育的 |
| duty-bound 義不容辭的 | hand-knitted 手編的 |
| handmade 手工製的 | hand-picked 精選的 |
| heart-broken 傷心的 | home-made 家庭製的、國產的、自製的 |
| power-driven 以動力推動的 | special-made 特製的 |
| silver-plated 鍍銀的 | state-owned 國有的；國營的 |
| thunder-struck 嚇呆的 | typewritten 打字機打的 |
| water-cooled 水冷的 | wind-blown 風吹的 |

◈ This is a **handmade** carpet.
這是手工製的地毯。

C. 由「形容詞＋現在分詞」構成。如：

| | |
|---|---|
| fine-sounding 好聽的 | easy-going 隨和的、隨便的、懶散的 |
| good-looking 好看的 | high-boiling 高沸點的 |
| high-flying 野心勃勃的 | high-ranking （階級高的）高階的、高級的 |
| high-sounding 誇張的 | sweet-smelling 氣味芬芳的 |

◈ She is a **good-looking** girl.
她是個漂亮的女孩。

D. 由「形容詞＋過去分詞」構成。如：

| | |
|---|---|
| high-born 出身高貴的 | high-handed 高壓的、專橫的 |
| high-priced 高價的 | hot-rolled 熱軋的 |
| low-born 出身卑微的 | low-pitched（指聲音）低調的、低沉的 |
| new-born 新生的 | ready-made 現成的 |
| remote-controlled 遙控的 | strong-voiced 聲音洪亮的 |

◈ He is a **low-born** premier.
他是一位出身卑微的首相。

◈ She sells **ready-made** clothes.
她賣成衣。

E. 由「副詞＋現在分詞」構成。如：

| | |
|---|---|
| close-fitting 緊身的 | ever-changing 變換不定的 |
| far-reaching 影響深遠的 | far-seeing 遠見的 |
| free-living 生活無拘束的 | hard-wearing 耐穿的 |
| hard-working 勤勞的 | long-suffering 長期受苦的 |
| never-ending 永不完結的、不斷的 | never-setting 永不落的 |
| smooth-running 平穩運轉的 | well-meaning 好意的 |

◈ They are learned and **hard-working** men.
他們是既有學問又勤奮的人們。

◈ She didn't expect that her **well-meaning** efforts would be useless.

她沒料到她出自善意的努力會白費。

F. 由「副詞＋過去分詞」構成。如：

| | |
|---|---|
| above-mentioned 上述的 | free-spoken 直言的 |
| highly-colored 過分渲染的 | ill-bred 缺乏教養的 |
| long-lived 長壽的 | low-paid 工資低的 |
| short-lived 短命的 | smooth-spoken<br>口齒伶俐的、善於恭維的 |
| well-behaved 行為端正的 | well-educated 受到良好教育的 |

◈ His **ill-bred** remarks made us sick.

他粗魯的言談使我們感到厭惡。

◈ They are **well-educated** people.

他們是受過良好教育的人。

# 3.5 分詞作分詞構句

　　分詞構句又稱作分詞結構（participial construction），包括現在分詞構句（present participial construction）和過去分詞構句（past participial construction），是指用以修飾主要子句，具有副詞子句的作用，或相當於合句（compound sentence，又稱並列句）中對等子句的分詞或分詞短語，可表時間、原因、條件、結果、讓步、方式或伴隨，還可表示與主要動詞並列的動作。分詞構句通常用逗點與主要子句隔開，逗點不可省略。

### 3.5.1 分詞構句意義上的主詞一般須是主要子句的主詞

含有分詞構句的句子中，主要子句的主詞一般須是分詞構句意義上的主詞。如：

◈ **Looking** at the sky, I saw many stars.
我看著天空，看到了許多星星。
（主要子句的主詞 I 是分詞構句 looking at the sky 意義上的主詞。原句相當於 "I looked at the sky and saw many stars."。）

◈ **Seen** in this light, the matter is not so simple as you suppose.
如果從這個角度來看，問題並不像你想的那麼簡單。
（主要子句的主詞 the matter 是分詞構句 seen in this light 意義上的主詞。原句相當於 If the matter is seen in this light, it is not so simple as you suppose.）

### 3.5.2 可代替副詞子句的分詞構句

有些分詞構句與副詞子句有相同的功能，可表時間、原因、條件或讓步。分詞構句常可代替副詞子句。副詞子句也常可簡化為分詞構句。如：

◈ **Walking** along the street, he saw a bar.
他走在街上時看到了一間酒吧。
（分詞構句 walking along the street 表時間，相當於副詞子句 when he was walking along the street。）

◈ **Heated**, water changes into steam.
水加熱後變成蒸氣。
（分詞構句 heated 作時間副詞，相當於副詞子句 When water is heated。）

◈ **<u>Being caught</u> in the rain**, he caught a cold.

他淋到雨所以感冒了。

（分詞構句 being caught in the rain 表原因，相當於副詞子句 As he was caught in the rain。）

◈ The children, **<u>exhausted</u>**, fell asleep at once.

孩子們累壞了，很快就睡著了。

（分詞構句 exhausted 表原因，相當於副詞子句 As the children were exhausted。）

◈ **<u>Following</u> this road**, you will find the bus stop.

沿著這條路走，你就會發現公車站牌。

（分詞構句 following this road 作條件，相當於副詞子句 If you follow this road。）

◈ **<u>United</u>** we stand; **<u>divided</u>** we fall.

團結生存；分裂滅亡。

（分詞構句 united 和 divided 分別表條件，相當於副詞子句 If we are united 和 if we are divided。）

◈ **<u>Disappointed</u> with the result**, he paid the guy as he promised.

雖然他對結果感到失望，但他還是依約付錢給那個人。

（分詞構句 disappointed with the result 表讓步，相當於副詞子句 though he was disappointed with the result。）

## 3.5.3 可代替合句中對等子句的分詞構句

　　分詞構句可代替合句中的一個對等子句（第二個對等子句中的主詞常被省略）。如：

◈ She called out to the policeman on the street, **asking for help**.

她向街上的員警大喊，請求幫助。

（分詞構句 asking for help，表示和主要動詞 called 並列的動作，代替合句中的對等子句 and *she* asked for help。）

◈ **Walking** on tiptoe, he stole into a warehouse.

他躡手躡腳地溜進了倉庫。

（分詞構句 walking on tiptoe 表示方式，是和主要子句的述語 stole into a warehouse 並列的動作。全句相當於合句 *He* walked on tiptoe and he stole into a warehouse.）

◈ **Seated** at the table, he was waiting for her.

他坐在桌旁等她。

（分詞構句 seated at the table 表示方式，是和主要動詞 was waiting 並列的動作。全句相當於合句 *He* was seated at the table and he was waiting for her.）

◈ **Faced** with such an important work, we must try our best.

面對如此重要的工作，我們必須全力以赴。

（分詞構句 faced with such an important work 表示背景，全句相當於合句 *We* are faced with such an important work, so we must try our best.）

◈ Mr. Ford died, **leaving** his children nothing but debt.

福特先生死了，留給孩子們的只有債務。

（分詞構句 leaving his children nothing but debt 表示和主要動詞 died 並列的動作，代替合句中的對等子句 Mr. Ford died and *he* left his children nothing but debt.，表示結果。）

## 3.5.4 分詞構句在句中的位置

　　分詞構句可置於句首、句中或句尾。分詞構句置於句首、句中時，皆須用逗點和主要子句隔開。置於句尾時，分詞構句之前有時可不加逗點。

（一）表原因、時間、條件或讓步的分詞構句多置於句首，也可置於句中或句尾。置於主詞之後時強調的程度較弱，置於句尾時強調的程度最強。如：

◈ **Being** ill, Mrs. Smith didn't attend the wedding.
　＝Mrs. Smith, **being** ill, didn't attend the wedding.
　＝Mrs. Smith didn't attend the wedding, **being** ill.
　史密斯夫人由於生病未參加婚禮。

◈ **Crying** for his mother, the baby woke everybody up.
　＝The baby, **crying** for his mother, woke everybody up.
　＝The baby woke up everybody, **crying** for his mother.
　小孩哭著要媽媽，把每個人都吵醒了。

◈ **Having studied** at Harvard Medicine School for eight years, Jack became a doctor.
　＝Jack, **having studied** at Harvard Medicine School for eight years, became a doctor.
　＝Jack became a doctor, **having studied** at Harvard Medicine School for eight years.
　傑克在哈佛醫學院就讀八年之後當了醫生。

◈ **Hearing** the news, she jumped with joy.
　她聽到這消息，高興得跳了起來。
　（句首的分詞構句表時間。）

◈ Tom hurt his knee **playing** football.
湯姆在踢足球的時候傷了他的膝蓋。
（句尾的分詞構句表時間，其前的逗點可省略。）

◈ **Given** better attention, the roses could have grown better.
如果照顧得好一點，這些玫瑰花會長得更美。
（句首的分詞構句表條件。）

◈ You'd better sit down. You'll make yourself more tired, **staying** on your feet.
你最好坐下。一直站著只會使你更累。
（句尾的分詞構句表條件。）

◈ These sentences, **analyzed** differently, make no sense.
這些句子分別解析的話就會沒有意義。
（在句中的分詞構句表條件。）

◈ **Admitting** the bravery of his character, we still do not like him.
即使承認他生性勇敢，我們還是不喜歡他。
（句首的分詞構句表讓步。）

◈ Finally, we appealed to a famous doctor **knowing** it was very improper to ask him to work on a dog.
最後我們向一位名醫求救，雖然我們知道請他為一條狗治病很不恰當。
（表讓步的分詞構句有時可置於句尾。）

（二）分詞構句所表示的動作發生在前，主要動詞所表示的動作發生在後，分詞構句置於句首。如：

◈ **Opening** the drawer, she took out a pistol.
她打開抽屜，拿出一把手槍。

◈ **Seeing** the headmaster coming, the students stopped talking at once.
學生們看見校長走過來立刻停止談話。

◈ **Turning** to the left at the second crossing, you'll see the hospital.
在第二個十字路口左轉，你就會看到醫院。

◈ **Returning** home, I took a bath.
回到家，我洗了個澡。

◈ **Climbing** to the top of the hill, we saw a magnificent view.
我們爬到山頂，看到了一片壯麗的景象。

◈ **Hearing** the grievous news, she burst into tears.
聽到這個噩耗，她放聲大哭。

（三）主要動詞所表示的動作發生在前，分詞構句所表示的動作發生在後，分詞構句置於句尾，分詞構句前的逗點常可省略。如：

◈ She went out **shutting** the door behind her.
她出去後把門關上。

◈ The stranger opened fire, **killing** a civilian and a policeman.
那位陌生人開了槍，打死了一位平民和一名員警。
（表結果的分詞構句常置於句尾。）

（四）主要動詞所表示的動作和分詞構句所表示的動作是同時發生時，分詞構句多置於主要動詞之後，但有時也可置於句首。如：

◈ The general approached us **crying**.
將軍哭著走向我們。

◈ He <u>ran</u> up to her **breathing** <u>heavily</u>.
他氣喘吁吁地跑向她。

◈ A warm wind <u>came</u> **blowing** <u>over the boundless sea</u>.
無垠的海上吹來了一陣暖風。

◈ The train <u>went</u> **chugging** <u>up the mountain</u>.
那火車發著軋軋聲駛向山上。

◈ She <u>said</u> good-bye to me **shaking** <u>my hand in a friendly manner</u>.
她友善地握著我的手向我告別。

◈ She <u>wrote</u> me, **saying** <u>she would be back the following day</u>.
她寫信給我，說她隔天回來。

◈ The salespeople <u>have to work</u> **standing** <u>up</u>.
銷售員必須站著工作。

◈ **Holding** <u>a bunch of flowers in his hand</u>, Jack <u>came</u> up to Alice.
＝Jack <u>came</u> up to Alice **holding** <u>a bunch of flowers in his hand</u>.
傑克手中捧著一束花，向愛麗絲走去。

◈ The sentence <u>is</u> ambiguous, **taken** <u>out of context</u>.
＝**Taken** <u>out of context</u>, the sentence <u>is</u> ambiguous.
這個句子沒有上下文的話，意思就會含糊不清。

## 3.5.5 由「連接詞＋分詞片語」構成的分詞構句

　　有時為了使句義更加明確，分詞構句需要在分詞片語前加上連接詞。如：

❖ **As scheduled**, they met on February 16.
他們按照預定時間在二月十六日會面。
（As scheduled 相當於 As they scheduled。）

❖ **After hearing** the news, he escaped at once.
他聽到消息後，立刻逃跑了。
（After hearing the news 相當於 After he heard the news。）

❖ **Although/Though being** a neighbor of his for five years,
I know little about him.
雖然我和他當了五年鄰居，但我對他所知不多。
（Although/Though being a neighbor of his for five years 相當於
Although/Though I have been a neighbor with him for five years。）

❖ From time to time he turned **as though looking** for
someone.
他不時地轉身，好像在找人。
（as though looking for someone 相當於 as though he was looking for
someone。）

❖ **Before being sent** to the Gulf, he had never been engaged
in real combat.
他被派到波斯灣之前，從沒參加過真正的戰爭。
（Before being sent to the Gulf 相當於 Before he was sent to the
Gulf。）

❖ **Even if invited**, I won't go.
即使邀請我，我也不去。
（Even if invited 相當於 Even if I am invited。）

◈ He will come **if asked**.
他如果受邀就會來。
（if asked 相當於 if he is asked。）

◈ **Except when compelled** to stay in by bad weather, I go swimming every day.
除了因天氣惡劣不得不待在家裡以外，我每天都去游泳。
（Except compelled to stay in by bad weather 相當於 Except when I am compelled to stay in by bad weather。）

◈ I have bought another car **since seeing** you last.
自從上次見到你之後，我又買了一輛車。
（since seeing you last 相當於 since I saw you last。）

◈ **Until being told**, she had heard nothing of what happened.
直到有人告訴她，她才知道發生了什麼事情。
（Until being told 相當於 Until she was told。）

◈ Be careful **when crossing the street**.
過馬路要小心。
（when crossing the street 相當於 when you cross the street。）

◈ **While studying** overseas, she missed her parents very much.
留學期間她非常想念她的父母。
（While studying overseas 相當於 While she was studying overseas。）

## 3.5.6 不連接分詞

副詞子句中，分詞構句意義上的主詞應是主要子句的主詞。如果某一分詞構句意義的上主詞不是主要子句的主詞，分詞構句也沒有意義上的主詞，這種分詞稱作不連接分詞（dangling particle），又稱垂懸分詞。

（一）含有不連接分詞的句子一般被認為是不符合文法規則的
　　　句子。如：

◈ **Arriving** home that night, a sudden thought struck me.
（╳）
那一夜到家時，我突然有一個想法。
（分詞構句隱含的主詞應該是 I，與主要子句的主詞 a sudden
thought 不一致。）

◈ **Since leaving** her, my life has seemed pointless.（╳）
自從離開她之後，我的生命似乎沒有意義了。
（分詞構句隱含的主詞應該是 I，與主要子句的主詞 my life 不一
致。）

◈ **Walking** through the park, roses could be seen
everywhere.（╳）
走遍公園，玫瑰到處可見。
（分詞構句隱含的主詞應該是 I、we 或 you，與主要子句的主詞
roses 不一致。）

（二）將含有不連接分詞的句子改為符合文法規則的句子，方
　　　法有兩種：

A. 保留原來的分詞構句，主要子句的主詞改用分詞構句隱含
　 的上主詞，並作其他必要的變化。

◈ Arriving home that night, a sudden thought struck me.（╳）
**Arriving** home that night, **I** was struck by a sudden
thought.（○）
那夜到家時，我突然有一個想法。

◆ Since leaving her, my life has been pointless.（ ✕ ）
**Since leaving** her, **I** have felt that life seemed pointless.
（ ○ ）
自從離開她之後，我感到生命似乎沒有意義。

◆ Walking through the park, roses could be seen everywhere.（ ✕ ）
**Walking** through the park, **we** could see roses everywhere.（ ○ ）
我們走遍公園，到處都可看得到玫瑰。

◆ Though coming late, the teacher didn't blame Mary.（ ✕ ）
**Though coming** late, **Mary** wasn't blamed by the teacher.（ ○ ）
雖然遲到了，瑪麗沒被老師責備。

◆ Standing on the top of the skyscraper, the whole city could be seen.（ ✕ ）
**Standing** on the top of the skyscraper, **we** could see the whole city.（ ○ ）
站在摩天大樓樓頂上，我們可看到全城市。

B. 保留主要子句，在原分詞構句之前加上其意義上的主詞，構成獨立分詞構句。

◆ Being a busy basinessman, his wife has to take care of the family all by herself.（ ✕ ）

◆ **He being** a basy businessman, **his wife** has to take care of the family all by herself.（ ○ ）
因為他是忙碌的商人，他的太太必須獨自照顧家裡。

更多例句詳見 3.6

（三）在下列情況下，含有不連接分詞的句子是可以接受的：

A. 在正式的科學論著中，凡不連接分詞的隱含主詞是指作者或讀者的 I、we 或 you 。如：

◈ **When installing** a boiler, **the floor space** which is available is very important.
當安裝鍋爐時，可利用的地面空間很重要。

◈ **Using** electricity, **it** is necessary **to change its form**.
通電時須改變其形式。

◈ **When treating** patients with language retardation and deviation of language development, **the therapy** consists, in part, of discussion of the patient's problems with parents and teachers, with subsequent language teaching carried out by them.
治療語言發育遲緩和語言發展偏差的患者時，部分的治療法包括和患者的家長與教師討論患者的問題，因為第二語言教學是由他們來教。

B. 不連接分詞的隱含主詞是一個不定代名詞或指非人稱的代名詞 it 時。如：

◈ **When commencing** （＝When **one** commences） a weld, the electrode, fixed in the holder, is held in the right hand and the face shield in the left.
開始焊接時，右手握著固定在夾子上的電焊條，左手拿著護面罩。

◈ **When dining** （＝When **one** dines） in the restaurant, a suit and tie are required.
在餐廳用餐時，必須穿西裝和打領帶。

◈ **Being** Christmas （＝Since **it** was Christmas）, the
government offices were closed.
因為是耶誕節，政府機關都休息。

# 3.6 分詞用於獨立分詞構句

（一）如果分詞構句所表示的動作不是由主要子句的主詞執
　　　行，而是另有其他的主詞時，這個主詞要用一般名
　　　詞或主格代名詞表示，置於分詞前與分詞構成意義
　　　上的主述關係，與主要子句則沒有句法上的聯繫。這
　　　種含有意義上主詞的分詞構句，稱作獨立分詞構句
　　　（absolute participial construction），或獨立主格分詞構
　　　句（nominative absolute participial construction）。有些文
　　　法學家將此種結構也列入「分詞子句」範疇，稱作「含
　　　主詞的分詞子句」（participial clause with subject），分
　　　為「含主詞的 -ing 分詞子句」（-ing participial clause with
　　　subject）和「含主詞的 -ed 分詞子句」（-ed participial
　　　clause with subject）。但是「含主詞的 -ing 分詞子句」
　　　還可指「動名詞構句」或「受詞＋作補語的分詞（片
　　　語）」。獨立分詞構句主要用於書寫，較少用於口語。
　　　如：

◈ **The weather being** bad, the soccer match was canceled.
因為天氣不好，足球賽取消了。

　　（獨立分詞構句 the weather being bad，表原因，相當於 As the
　　weather was bad。the weather 是分詞片語 being bad 的主詞。）

◈ **The sun having risen**, we went hunting.
太陽升起時，我們就去打獵。
（the sun 是分詞片語 having risen 的主詞，獨立分詞構句 The sun having risen 表時間，相當於 When the sun had risen。）

◈ **Everything taken** into consideration, her task is well done.
全盤考量的話，她的工作做得很好。
（everything 是分詞片語 taken into consideration 的主詞，獨立分詞構句 Everything taken into consideration 表示條件，相當於 If everything is taken into consideration。）

◈ **Though he having gone** bankrupt, many friends still came to see him.
雖然他已經破產了，許多朋友仍然來看他。
（he 是分詞片語 having gone bankrupt 的主詞，獨立分詞構句 Though he having gone bankrupt 表讓步，相當於 Though he had gone bankrupt。）

（二）有時獨立分詞構句之前加一介詞，構成介詞獨立分詞構句，表示附帶情況（又稱伴隨情況）或表示原因、條件。with 之後的名詞既是 with 的受詞，又是分詞或分詞片語意義上的主詞，with 沒有實際意義。如：

◈ She eased herself into a sofa, **with her son** still **sleeping in her arms**.
她放鬆地坐在沙發上，她的兒子仍在她懷裡睡著。
（獨立分詞構句 with her son still sleeping in her arms 表示附帶情況，相當於 and her son was still sleeping in her arms。）

◈ It's very stuffy in this room **with all the windows closed**.
由於所有窗戶都關著，這個房間裡非常悶。

（獨立分詞構句 with all the windows closed 表原因，相當於 as all the windows are closed。）

◈ She walked back to the bus stop **with him following** her.
她走回去公車站牌，他跟隨著她。

（獨立分詞構句 with him following her 表示伴隨主要動詞 walked 發生的動作，相當於 and he was following her。）

◈ She soon fell asleep **with the light burning**.
燈還亮著，她不久就睡著了。

（獨立分詞構句 with the light burning 表附帶情況。）

◈ **With winter coming** on, it's time to buy warm clothes.
快冬天了，是時候買保暖的衣服了。

（獨立分詞構句 with winter coming on 表原因。）

◈ **With the trees growing** tall, we get more shade in summer.
樹長高了，我們夏天會有更多樹蔭。

（獨立分詞構句 with the trees growing tall 表原因。）

◈ He left the meeting **without a word spoken**.
他一句話也沒說就離開了會場。

（獨立分詞構句 without a word spoken 表附帶情況。）

◈ You can't invite strangers to dinner in this village **without everybody knowing**.
在這村裡請陌生人吃晚飯，大家不可能不知道。

（獨立分詞構句 without everybody knowing 表條件。）

（三）獨立分詞構句意義上的主詞如為 I、we 等，獨立分詞構
　　句表示說話的人所持的態度或看法，在句中作插入語
　　時，主詞常省略。省略了主詞的獨立分詞構句，稱作獨
　　立分詞片語（absolute participial phrase）。如：

❖ **Frankly speaking**, I do not have so much money.
坦白說，我沒有那麼多錢。
　（獨立分詞片語 Frankly speaking 相當於 If I speak frankly。）

**Generally speaking**, fighter jets fly much faster than other airplanes do.
一般來說，噴氣式戰機要比其他飛機快得多。
　（獨立分詞片語 Generally speaking 相當於 If we speak generally。）

❖ **Strictly speaking**, the manager is not fit for his position.
嚴格來說，這位經理不適任。
　（獨立分詞片語 strictly speaking 相當於 If I speak strictly。）

❖ **Judging** from what you say, he is really mean.
從你所說的看來，他真卑鄙。
　（獨立分詞片語 Judging from what you say 相當於 If we judge from what you say。）

❖ **Talking** of travel, have you ever been to Hawaii?
談到旅行，你曾去過夏威夷嗎？
　（獨立分詞片語 Talking of travel 相當於 Now that we are talking of travel。）

◈ **Taking** everything into consideration, she is dependable and capable.
各方面都考慮的話，她是可信任和能幹的人。
（獨立分詞片語 taking everything into consideration 相當於 If we take everything into consideration。）

◈ **Allowing** for exceptions, the rule may stand.
在允許例外的情況下，這條規則可能成立。
（獨立分詞片語 allowing for exceptions 相當於 If we allow for exceptions。）

## 3.7 分詞在句中的其他作用

（一）分詞作為名詞片語的一部分。有些分詞之前加定冠詞，構成名詞片語。這種名詞化的片語可表示某一種人。如：

| | |
|---|---|
| the dying 快死的人 | the living 活著的人 |
| the accused 被告 | the oppressed 受壓迫的人 |
| the unemployed 失業者 | the wounded 受傷的人 |

◈ The jury found **the accused** guilty of manslaughter.
陪審團認為被告殺人罪名成立。

◈ **The living** are more important to us than the dead.
對我們來說，活著的人比死去的人更重要。

（二）有些現在分詞可以作副詞用，修飾它後面的形容詞，表示「非常、很」，相當於由「現在分詞＋-ly」構成的副詞。如：

biting/freezing/perishing/piercing cold 刺骨寒冷

blazing/boiling/burning/piping/scorching/steaming hot 極其炎熱

raging/raving/staring mad 非常瘋狂，完全瘋了

drenching/dripping/soaking/sopping wet 非常濕，濕透的

thumping/thundering big 極其巨大的

ripping good 極好的

◈ It was a **piercing**/piercingly **cold** night.
　那是一個寒冷刺骨的夜晚。

（三）有些分詞可當連接詞。有些分詞在用法上與連接詞相同，一般被認為是連接詞，而不是分詞，但也可以看作是省略了意義上主詞 I 或 we 的獨立分詞構句。常見的有 admitting（雖說，即使）、considering（鑒於，就……而論，考慮到）、granting/granted（假定，即使）、providing/provided（如果，只要）、supposing（假設）等。如：

◈ **Admitting** he failed to sell out the goods, he is still regarded as a capable salesman.
　儘管他沒有賣完貨物，他仍然被視為能幹的銷售員。

◈ **Considering** she's only just started, she knows quite a lot about it.
　考慮到她才剛開始，她對此懂的算相當多了。

◈ **Granting/Granted** that he has enough money to buy your house, it doesn't mean he's going to do so.
　即使他有足夠的錢買你的房子，不代表他會買。

◈ You may keep the book a further week **provided/ providing** no one else requires it.
這本書如果沒有其他人想借的話，你可以再續借一個禮拜。

◈ **Supposing** you were in her place, what would you do?
假如你是她，你會怎麼做？

（四）有些分詞可以當作介詞。有些分詞在用法上與介詞相同，一般被認為是介詞而不是分詞。這類字引導的片語可看作是介詞片語。如：

| | |
|---|---|
| barring 除……之外 | concerning 關於 |
| considering 鑒於，考慮到 | excepting 除了 |
| including 包括 | pending 在……之前，在……期間 |
| regarding 關於 | respecting 關於 |
| saving 除……之外 | touching 涉及 |

◈ Please inform me of all the important news **concerning that country**.
請將有關該國的重要消息全都告訴我。

◈ **Considering** his age, he is quite strong.
就他的年齡而言，他算是相當健壯。

◈ Everybody must obey the law, **not excepting** the President.
人人必須遵守法律，或總統也不例外。

◈ He was held in custody **pending** trial.
他在審判之前遭到拘禁。

◈ What did he say **regarding** my proposals?
他對我的建議有什麼意見？

◈ **Respecting** your salary, we shall come to a decision later.

關於你的薪水，我們待會將做出決定。

◈ **Saving** a few dollars, nothing remains in her purse.

除了幾塊錢之外，她的錢包裡什麼都沒有。

◈ I want to know his opinion **concerning** the subject under discussion.

我想了解他對討論主題的意見。

# ４ 含有現在分詞的習慣用語

注：對於某些 -ing 形式（-ing form）動詞，究竟應看作現在分詞還是動名詞，說法不一，其中多數涉及省略 -ing 形式動詞前的介詞，和 -ing 形式動詞如何認定的問題。下面介紹的現在分詞慣用語中，有些文法學家認為其中有些是動名詞，但這並不妨礙讀者學習掌握有關 -ing 形式動詞的習慣用法。

（一）「go＋現在分詞」，表示「去做某事」。go 是完全不及物動詞，現在分詞用表目的。（美式英文文法則認為 go 在此用法中是完全及物動詞， -ing 形式動詞是動名詞。）

　A. 多指從事於某種運動、消遣或娛樂活動。如：

| | |
|---|---|
| go bathing 去沐浴或去游泳 | go birdwatching 去賞鳥 |
| go boating 去划船 | go canoeing 去划船（獨木舟） |
| go cycling 去騎腳踏車 | go dancing 去跳舞 |

| | |
|---|---|
| go dipping 去游泳 | go drinking 去喝酒 |
| go fishing 去釣魚 | go hiking 去健行，去徒步旅行 |
| go hunting 去打獵 | go jogging 去慢跑 |
| go mountain climbing 去登山 | go outing 去郊遊 |
| go rambling 去閒逛 | go riding 去騎馬 |
| go rowing 去划船 | go running 去跑步 |
| go sailing 乘帆船航行 | go shooting 去射擊 |
| go shopping 去購物 | go sight-seeing 去遊覽 |
| go skating 去溜冰 | go skiing 去滑雪 |
| go sledding 去滑雪橇 | go swimming 去游泳 |
| go walking 去散步 | go window shopping<br>去逛街（只逛不買） |

◈ He **goes running** every morning.
他每天早晨去跑步。

◈ I seldom have time to **go window shopping**.
我很少有時間逛街。

B.「go＋現在分詞」有時還可表示去做某種不宜做的事，或從事某種職業。如：

◈ Don't **go looking** for trouble.
你不要去自找麻煩了。

（相當於 Don't go and look for trouble.。此種用法指「去做某種不宜做的事」。）

◈ You shouldn't **go boasting** about your achievements.
你不應該誇耀你的成就。
（此種用法指「去做某種不宜做的事」。）

（二）「spend＋一定的時間＋（in）＋-ing 形式動詞」表示花
費時間做某事。"in" 被省略後，-ing 形式動詞可視為現在
分詞。如：

◈ I **spent** a lot of time (in) **revising** this manuscript.
我花了很多時間校訂此稿。

◈ He **spent** about two months (in) **traveling** in the south.
他花了大約兩個月在南方旅行。

（三）「go on＋現在分詞」表示「繼續做某事」。如：

◈ You'd better not **go on living** this way.
你最好不要繼續這樣生活了。

◈ Though it was already late at night, he **went on working**.
儘管已是深夜了，他仍繼續工作。

（四）「keep＋現在分詞」表示「連續不斷地」做某事，強調某
種活動不間斷或重複發生。如：

◈ Prices **keep rising**.
物價不斷上漲。

◈ You shouldn't **keep thinking** about it.
你不應該老想著這件事。

（五）「keep on＋現在分詞」，著重指「反覆多次」，強調動
作的重複性和決心。如：

◈ Don't give up hope; **keep on trying**.
別放棄希望，繼續努力。

◈ Why do you **keep on making** the same mistake?
你為什麼老犯同樣的錯誤？

（六）「come、go 或它們引導的動詞片語＋分詞」的結構，表示「如何地來或去」，分詞作主詞補語，是跟主要動詞同時發生的動作，表示「來」或「去」時的方式，有些文法學家認為此處的分詞是附帶狀況。

◈ The girls **went** home **talking** and **laughing**.
女孩們邊說邊笑地回家。
（現在分詞片語 talking and laughing 表示附帶狀況。）

◈ The car **went careering** off the road into a ditch.
汽車偏離了道路衝進水溝。
（went careering off＝careered off）

◈ It was already ten to nine when Betty **came hurrying** into the classroom.
當貝蒂匆忙進教室時，已經八點五十分了。
（came hurrying＝hurried）

◈ They **came running** to meet us.
他們跑過來迎接我們。
（came running＝ran）

◈ He **went** out of the room **unnoticed**.
他神不知鬼不覺地離開了房間。
（過去分詞 unnoticed 表示附帶情況。）

（七）「stand、sit、lie 或它們引導的動詞片語＋分詞」的結構，表示「站著、坐著或躺著做動作」。stand、sit、lie 在此作不完全不及物動詞，因而後面的分詞作主詞補

語。有些文法學家認為 stand、sit、lie 是表示姿態的完全
不及物動詞,後面的分詞片語,是和主要動詞同時發生
的伴隨動作。當 stand 表示「處於某種狀態」, lie 表示
「在或在某處」或不譯出來,後面接過去分詞時,是不
完全不及物動詞,此時分詞只可看作主詞補語。如:

◈ A lot of people <u>stood outside</u> **watching** the newly discovered comet.
很多人站在外面觀看這顆新發現的彗星。
(現在分詞片語 watching the newly discovered comet 作主詞補
語,也可看作是和主要動詞同時發生的伴隨動作。)

◈ He <u>sat at his desk</u> **working**.
他坐在書桌前工作。
(現在分詞 working 作主詞補語,也可看作是和主要動詞同時發
生的伴隨動作。)

◈ The old teacher <u>stood</u> **surrounded** by his students.
這位老師站著,旁邊圍著他的學生。
(過去分詞片語 surrounded by his students 作主詞補語,也可看作
是和主要動詞同時發生的伴隨動作。)

◈ He <u>lay</u> **stretched** out as if dead.
他直挺挺地躺平,好像死了一樣。
(過去分詞片語 stretched out 作主詞補語,也可看作是和主要動
詞同時發生的伴隨動作。)

◈ The plot now <u>stood</u> **revealed**.
陰謀現在已經曝光了。
(在此 stood 為不完全不及物動詞,過去分詞 revealed 作主詞補
語。)

◈ He <u>stood</u> **accused** of theft.
他被控偷竊罪。
（在此 stood 為不完全不及物動詞，過去分詞片語 accused of theft
作主詞補語。）

◈ He <u>lies</u> **buried** <u>here</u>.
他被葬在這裡。
（在此 lies 為不完全不及物動詞，過去分詞 buried 作主詞補
語。）

◈ Sheets of paper <u>lay</u> **scattered** <u>about the room</u>.
幾張紙散落在房裡。
（在此 lay 為不完全不及物動詞，過去分詞片語 scattered about the
room 作主詞補語。）

# 5 現在分詞與過去分詞的比較

現在分詞與過去分詞作補語或修飾語時，所表示的意義不
同。現在分詞與過去分詞的區別不在時間。現在分詞不一定表示
現在，過去分詞不一定表示過去。兩者的區別是意義上的不同。
一般來說，現在分詞表示主動意義，過去分詞表示被動意義；現
在分詞表示動作的進行，過去分詞表示動作的完成。有些過去分
詞源自不及物動詞，因而只表示完成，沒有被動意義。

（一）現在分詞表示主動，過去分詞表示被動。如：

◈ I saw him **opening** the safe.
我看見他在開保險櫃。

◈ I heard the gate **opened**.
我聽見大門打開了。
（指被人打開了）

◈ Mr. Smith is the most **interesting** man.
史密斯先生是最有趣的人。
（interesting 表示令人感興趣。）

◈ **Interested** members will meet at two.
有興趣的成員兩點集合。

◈ **Seeing** the teacher coming, the students stopped talking at once.
學生們看到老師走過來立刻停止講話。

◈ **Seen** from the television tower, the town looked magnificent.
從電視塔上眺望，此鎮顯得非常壯麗。

下列作為名詞修飾語的現在分詞和過去分詞的例子中，也可明顯看出前者表示主動意義，後者表示被動意義。

| 現在分詞（表示主動） | 過去分詞（表示被動） |
|---|---|
| driving wheels 主動輪 | driven wheels 被動輪 |
| an exciting film 令人興奮的電影 | excited children 興奮的兒童 |
| the guiding principle 指導原則 | a guided missile 導向飛彈 |
| a moving story 一個動人的故事 | a moved audience 被感動的觀眾 |
| a recording machine 錄音機 | a recorded speech 已記錄的演講 |
| speaking eyes 會說話的眼睛 | spoken English 口語英文 |

（二）現在分詞表示動作的進行，過去分詞表示動作的完成。
如：

◈ The teachers **visiting** our school are from Canada.
正在參觀我們學校的教師們是加拿大人。
（現在分詞 visiting 表示動作在進行。）

◈ All of my savings **gone**, I had to look for a job.
積蓄全花完了，我必須找工作。
（不及物動詞的過去分詞 gone 表示動作的完成。）

◈ Someone saw Mike **kicking** the door repeatedly.
有人看見麥克一直在踢門。
（現在分詞 kicking 表示動作的進行。）

◈ I found her **changed** a lot.
我發現她變了很多。
（不及物動詞的過去分詞 changed 表示動作的完成。）

◈ I heard someone **calling** for help behind the house.
我聽見在房子後面有人在求救。
（現在分詞 calling 表示動作的進行。）

◈ She hurried to the hospital only to find her husband had **died**.
她匆忙趕到醫院，只發現她的丈夫已經去世了。
（不及物動詞的過去分詞 died 表示動作的完成。）

下列作為名詞修飾語的現在分詞和過去分詞的例子中，也可明顯地看出前者表示動作的進行，後者表示動作的完成。

| 現在分詞（表示動作的進行） | 過去分詞（表示動作的完成） |
|---|---|
| boiling water 沸水 | boiled water 開水 |
| a burning car 正在燃燒的汽車 | a burned child 灼傷的小孩 |
| the changing world 變化中的世界 | the changed conditions 改變的條件 |
| developing countries 發展中國家 | developed countries 已開發國家 |
| a drowning man 快淹死的人 | a drowned man 已淹死的人 |
| falling leaves 正在飄落的樹葉 | fallen leaves 落葉 |
| the rising sun 上升的太陽 | the risen sun 已升起的太陽 |
| tiring work 累人的工作 | tired men 疲勞的人們 |

## 6 現在分詞與動名詞的比較

### 6.1 現在分詞與動名詞作名詞前位修飾時的區別

動名詞與現在分詞皆可作名詞的前位修飾，但是作用不同。現在分詞帶有形容詞的性質，一般用以表示所修飾的人或物的性質、狀態或動作等，其意義上的主詞是所修飾的人或物；動名詞帶有名詞的性質，用以表示所修飾的人或物的用途或類別。如：

| 現在分詞 | 動名詞 |
|---|---|
| a dancing guy 正在跳舞的人 | a dancing teacher 舞蹈教師 |
| a flying insect 飛蟲 | a flying field 飛機場 |

| | |
|---|---|
| running water 自來水;流水 | a running competition 賽跑 |
| a waiting car 正在等待的汽車 | a waiting-room 等候室 |
| a walking dictionary 活字典 | a walking-stick 手杖 |
| working people 勞工 | working methods 工作方法 |

　　有時作名詞修飾語的 -ing 形式動詞可能是現在分詞或動名詞,因此有些含有 -ing 形式動詞作修飾語的名詞片語可能有歧義。如:

| 現在分詞 | 動名詞 |
|---|---|
| a dancing girl 正在跳舞的女孩 | a dancing girl 女舞者<br>＝a girl who is dancing<br>＝a woman who dances professionally |
| a hunting dog 正在狩獵的狗 | a hunting dog 獵犬<br>＝dog that hunts<br>＝a dog for hunting |

◈ A **swimming** child wears a **swimming** suit.
一個小孩穿著游泳衣在游泳。
（第一個 swimming 是現在分詞。第二個 swimming 是動名詞。本句相當於 A child who is swimming wears a suit for swimming.）

◈ A **sleeping** man lies in a **sleeping** car.
有個人躺在臥鋪車廂裡睡覺。
（第一個 sleeping 是現在分詞,第二個 sleeping 是動名詞,本句相當於 A man that is sleeping lies in a car for sleeping.）

## 6.2 其他情形下現在分詞與動名詞在在功能或含義上的區別

有時現在分詞與動名詞在其他情形下，功能或含義上也有所區別。如：

◈ What do you think of **Rosa cooking**?

你認為由羅莎來煮如何？

（現在分詞 cooking 在此指未來的動作，有假設的含義。）

◈ What do you think of Rose's **cooking**?

你認為羅絲煮得如何？

（動名詞 cooking 在此指已完成的動作。）

◈ She saw him **smoking**.

她看見他在抽菸。

（此處現在分詞 smoking 作主要動詞 saw 的受詞 him 的補語，表示動作的進行。）

◈ She hates him **smoking**.

她討厭他抽菸。

## 7 現在分詞與原形動詞的比較

現在分詞與原形動詞作受詞補語時，所表示的意義不盡相同。

（一）現在分詞和原形動詞皆可作受詞補語。一般來說，現在分詞表示動作過程的一部分，即動作在進行；原形動詞表示動作全部過程的結果，即動作發生了。如：

◈ She saw him **steal** into the bank at night.
她看見他晚上溜進了銀行。
（原形動詞 steal 作受詞補語，表示動作發生了。）

◈ She saw him **stealing** into the bank at night.
她看見他晚上正要溜進銀行。
（現在分詞 stealing 作受詞補語，表示動作在進行。）

◈ I watched him **climb** the hill.
我看到他爬上了山。
（原形動詞作受詞補語，表示動作全部過程的結果，即爬上了山頂。）

◈ I watched him **climbing** the hill.
我看見他在爬山。
（現在分詞作受詞補語，表示動作的進行，有未完成的潛在可能。）

（二）原形動詞作受詞補語，表示一次性動作，現在分詞作受詞補語，表示動作在反覆進行。如：

◈ I felt something **fall** on the ground.
我感覺到有東西掉到地上。
（原形動詞 fall 作受詞補語，表示一次性動作。）

◈ I felt the house **shaking**.
我感覺到房子在晃動。
（現在分詞 shaking 作受詞補語，表示動作在反覆進行。）

（三）原形動詞作受詞補語，表示動作發生的事實，現在分詞作受詞補語，用以描述情景。如：

◈ They watched the sun **rise**.
他們看到了日出。
（原形動詞 rise 作受詞補語，表示動作發生過的事實。）

◈ They watched the sun **rising** above the horizon.
他們看見太陽正從地平線上升起。
（現在分詞 rising above the horizon 作受詞補語，用以描述情景。）

（四）有時受詞補語用原形動詞或現在分詞意義相同。

A. 當主要動詞為經常的動作時，受詞補語用原形動詞或現在分詞意義相同。如：

◈ We often see her **walk** along the river bank by herself.
＝We often see her **walking** along the river bank by herself.
我們常常看見她獨自沿著河岸散步。

◈ I don't like to hear you **talk** like that.
＝I don't like to hear you **talking** like that.
我不愛聽你那樣說話。

B. 有時沒必要區分受詞補語的動作是進行或一次性，兩者皆可用且意思相同。如：

◈ I saw a lot of people **come** in and **go** out of his house.
我看見很多人進出他家。
＝I saw a lot of people **coming** in and **going** out of his house.
我看見很多人進出他家。

（五）have 之後的受詞補語，用原形動詞或現在分詞在意義上的異同如下：

A. 表示「讓某人做某事」時，多用原形動詞，也可用現在分詞。如：

◈ We decided to <u>have</u> her **live** <u>with us</u>.
我們決定讓她和我們一起住。

◈ Don't forget to <u>have</u> him **post** <u>the letter</u>.
不要忘了叫他寄信。

◈ I would like to <u>have</u> you **meet** Mr. A.
我想讓你見 A 先生。

◈ She wants to <u>have</u> me **doing** <u>all the housework</u>.
她想叫我做所有的家務。

B. 表示「使某人或某物出現某種情況或導致某種結果」時，通常用現在分詞，偶爾也出現用原形動詞的情況，但最好少用。如：

◈ He soon <u>had</u> them all **laughing**.
他很快就讓他們全都大笑起來。

◈ She had <u>her</u> audience **listening** attentively.
她使聽眾聽得入神。

◈ You <u>had</u> defeat **coming** <u>to you</u>.
失敗是你自己造成的。

◈ He <u>had</u> her **die**.
他害死了她。（少用）

C. 表示「讓某人做某事，具有進行的含義」時，須用現在分詞。如：

◈ Mother <u>had</u> me **doing** math exercises the whole afternoon.
媽媽讓我做了一下午的數學習題。

◈ We're sorry to <u>have had</u> you **waiting** so long.
對不起讓你等這麼久。

D. 用於否定結構，表示「不讓或不允許某人做某事」時，多用原形動詞，用現在分詞顯得比較生動。如：

◈ I won't <u>have</u> you **blame/blaming** <u>it on me</u>.
我不准你把錯怪到我頭上。

◈ I can't <u>have</u> you **do/doing** <u>nothing all day</u>.
我不能允許你整天無所事事。

◈ She won't <u>have</u> pupils **arrive/arriving** <u>late</u>.
她不允許學生遲到。

◈ I can't <u>have</u> you **catch/catching** <u>cold</u>. Run and change your wet things.
我不能讓你著涼。快去把濕衣服換掉。

E. 「have＋受詞＋do/doing」還可表示「經歷……」、「有……事發生」、「有……人做……」。用原形動詞較多，用現在分詞顯得比較生動或具有進行的含義。如：

◈ I <u>had a very strange thing</u> **happen** to me yesterday.
昨天有一件非常奇怪的事發生在我身上。

◈ I'm very glad to <u>have you</u> **work** <u>with me</u>.
我很高興你和我一起工作。

◈ We <u>had a VIP</u> **come** <u>to our village</u> this morning.
今早有一位貴賓來到我們的村莊。

◈ "Can you come out and go to the movies with me?"
"Sorry, I can't. I <u>have friends</u> **staying** <u>with me</u>."
「你能出來陪我一起去看電影嗎？」
「對不起，我不行。有朋友在我家。」

（六）set 後接受詞及補語，表示「讓某人做某事」或「讓某人做某事」時，多用不定詞，也可用現在分詞。表示「使某人或某物出現某種情況或導致某種結果」時，通常用現在分詞。如：

◈ The foreman <u>set</u> his men **to work**.
領班安排他的手下工作。

◈ I set my children **to rake** the fallen leaves.
我吩咐我的孩子把落葉掃乾淨。

◈ What she said <u>set</u> me **thinking**.
她說的話使我深思。

◈ He soon <u>set</u> them all **laughing**.
他很快讓他們大笑起來。

◈ He <u>set</u> the engine **going**.
他發動了引擎。

（七）send 後接受詞及補語，表示「將某物送到某處以便……」時，用不定詞；表示「結果使……」時，用現在分詞。如：

◈ He <u>sent</u> his computer there **to be repaired**.
他將他的電腦送到那裡修理。

◈ The wind <u>sent</u> the vase **crashing** <u>to the ground</u>.
風把花瓶吹落地上而摔碎了。

（八）片語動詞 go on 後接現在分詞，表示「繼續做原來正在做的事」；go on 後接不定詞，表示「在做完某事後接著做其他的事」。有的文法學家認為 go on 之後的 -ing 形式動詞是動名詞，作 go on 的受詞。如：

◈ Though it was late at night, they <u>went on</u> **talking**.
儘管夜已深，他們還是繼續在聊天。

◈ After he finished writing two letters, he <u>went on</u> **to write poems**.
他寫完兩封信之後，接著寫起詩來。

Chapter 16

連接詞
Conjunctions

# 1 概說

連接詞是用以連接單字、片語、子句或句子的虛字,只具有連接作用,表示單字、片語、子句和句子之間的關係。

◈ Tom **and** Jerry will go to America.
湯姆和傑瑞將去美國。
（連接詞 and 連接兩個單字。）

◈ They locked the door **and** went to bed.
他們鎖上門就去睡覺了。
（連接詞 and 連接兩個動詞片語。）

◈ He didn't go with us **for** he didn't have enough money.
因為錢不夠,他沒和我們一起去。
（連接詞 for 連接兩個對等子句。）

# 2 連接詞的分類

## 2.1 連接詞按形態結構分類

按形態結構分類,可分為簡單連接詞(simple conjunction)、片語連接詞(phrasal conjunction)、關聯連接詞(correlative conjunction)和分詞連接詞(participial conjunction)。

## 2.1.1 簡單連接詞（simple conjunction）

簡單連接詞是指作連接詞用的單一字詞，常見的有 after, although, and, as, before, but, for, hence, however, if, lest, neither, nevertheless, only, nor, or, so, since, than, that, then, therefore, though, till, until, when, where, whereas, yet 等。

◈ Trust me not at all **or** all in all.
要嘛就不要相信我，要嘛就完全相信我。

◈ **After** she left college, she went to America for advanced studies.
她大學畢業後去美國深造。

◈ **If** that is the case, I'll do it.
如果情況是這樣，我就去做。

◈ It was raining hard, **so** we didn't go swimming.
雨下得很大，因此我們沒有去游泳。

## 2.1.2 片語連接詞（phrasal conjunction）

片語連接詞是指由兩個或多個字組成的片語，具有連接詞作用，常見的如下：

| | |
|---|---|
| due to 由於 | as far as 就……而言 |
| as/so long as 只要，在……期間 | as soon as 一……就…… |
| as well as 又，既……又…… | as if/as though 好像 |
| by the time 到……的時候 | even if/even though 即使 |
| in case (that) 假如 | in order that 以便，為了要…… |
| in the event (that) 假使，以防 | no matter how 不管用什麼方式 |

| no matter what 無論…… | no matter when 無論什麼時候 |
| no matter who 無論誰 | no matter where 無論哪裡 |
| no matter whose 無論誰的 | no matter why 無論為什麼 |
| now that 既然 | on the condition (that)<br>在……的條件下 |
| only if 只有……才 | only when<br>只有在……時候才，若……則 |
| with the excuse that 藉口…… | on the one hand 一方面…… |
| on the other hand 另一方面…… | on the supposition (that)<br>假定，設想 |
| or rather 更確切地說 | on the understanding (that)<br>先決條件是 |
| rather than 寧願……不願…… | so that 以便，因此 |
| such that 如此以致 | the way<br>像……一樣，用……方式 |

◈ I'll call you **as soon as** I arrive there.
我一到那裡就打電話給你。

◈ **As long as** I am alive, I won't allow you to do that.
只要我活著就不允許你做那件事。

◈ **In case** there is a typhoon, we will not sail.
我們不出海，以防有颱風。

◈ He looks **as if** he was ill yesterday.
他昨天看起來好像生病了。

◈ **Even if** it rained, I would go swimming.
即使下雨我也要去游泳。

◈ **As far as** I know, he has never lied.
據我所知，他從未說過謊話。

◈ **Now that** you're going to do it, you'd better do it well.
既然你要做，最好把它做好。

◈ **No matter how** hard he tried, he failed.
不論他如何努力，還是失敗了。

◈ We read newspapers **as well as** magazines.
我們看報紙也看雜誌。

## 2.1.3 相關連接詞（correlative conjunction）

相關連接詞又稱關聯連接詞或成對連接詞（paired conjunction），是由兩個或多個字組成、成對出現的連接詞，常見的有 as... as, both... and, either... or, not only... but (also), neither... nor, so... that, whether... or, but... all the same 等。

◈ English is **both** interesting **and** difficult.
英文既有趣又難學。

◈ **Not only** I **but also** everyone else says so.
不單是我，其他人也都這麼說。

◈ **Either** you **or** I am right.
不是你對就是我對。

◈ **Neither** Tom **nor** Henry went to school yesterday.
湯姆昨天沒去上學，亨利也沒去。

◈ She is not very pretty, **but** I like her **all the same**.
她不是很漂亮，但我還是喜歡她。

## 2.1.4 分詞連接詞（participial conjunction）

有些分詞的用法與連接詞相同，一般會當作連接詞用，而不是分詞，常見的有 considering, granting/granted, providing/provided, supposing 等。

◈ **Considering** she's only just started, she knows quite a lot about it.
考慮到她才剛剛開始，她懂得算相當多了。

◈ **Granting/granted** this is true, you are still in the wrong.
即使是真的，你還是有錯。

◈ I'll pay the bill **providing/provided** you give a receipt.
如果你給我收據，我就會付款。

◈ **Supposing** you were in her place, what would you do?
假如你站在她的立場，你會怎麼辦？

## 2.2 連接詞按句法功能分類

連接詞按句法功能分類，或者說從其連接成分的不同性質來區別，可分為對等連接詞（coordinate conjunction）和從屬連接詞（subordinate conjunction）兩類。

### 2.2.1 對等連接詞（coordinate conjunction）

對等連接詞，用以連接文法作用相同的字詞、片語或子句，常見的有 also, and, besides, but, for, hence, however, nevertheless, nor, only, or, otherwise, so, still, therefore, while, whereas, yet, as well as, (and) then, both... and, either... or, in addition, in the meantime, neither...

nor, none the less, not... but, not only... but also, on the contrary, on the other hand, or else, such as 等。

◈ She's beautiful, **also** sensible.
她美麗又通情達理。
（also 連接兩個作主詞補語的形容詞。）

◈ To profess **and** to practice are quite different things.
公開承認與實踐是截然不同的事。
（and 連接兩個作主詞的不定詞片語。）

◈ We can't go there, **for** it's raining hard.
我們不能去那裡了，因為雨下得很大。
（for 連接表示原因的對等子句。）

## 2.2.2 從屬連接詞（subordinate conjunction）

從屬連接詞用以連接從屬子句，包括名詞子句、形容詞子句、副詞子句。而用以引導名詞子句、形容詞子句、副詞子句的單詞或片語，包括關係代名詞、複合關係代名詞，關係副詞在內的連接詞，皆稱為從屬連接詞，此外，從屬連接詞 with 和 without 只可引導由名詞或代名詞開頭的獨立構句。

◈ I know (**that**) I am wrong.
我知道我錯了。

◈ Your article is quite good except **that** there is a spelling mistake.
你的文章相當好，只不過有一個字拼錯了。

◈ **Whether** he can arrive on time is a question.
他是否能夠準時到達是個問題。

❖ This is just **what** I need.
這正是我所需要的。

❖ Do you know **who** will come soon?
你知道誰快來了嗎？

❖ He asked me **when** I would go to America.
他問我何時去美國。

❖ He ran **so** fast **that** none of us could catch up with him.
他跑得如此之快，（以至於）我們之中沒人能追上他。

❖ He is **such** a smart boy **that** we all like him.
他是如此聰明的孩子，（以至於）我們都喜愛他。

❖ He practices every day **in order that** he may win the match.
為了贏得比賽，他每天都練習。

❖ I closed the windows **lest** it should rain.
惟恐下雨，我關上了窗戶。

❖ **No sooner** had I fallen asleep **than** the telephone rang.
我剛剛入睡，電話就響了。

注：另有一些連接詞稱作副詞連接詞（connector），兼有副詞和連接詞的功能，是從副詞演變而來的單字或片語，具有連接詞功能，可當作對等連接詞。常見的有 accordingly, again, besides, consequently, directly, else, for example, for instance, further, furthermore, hence, however, i.e.（拉丁文 id est 的縮寫形式，等於 that is）, immediately, in addition, indeed, instantly, likewise, moreover, namely, nevertheless, only, otherwise, still, so, then, therefore, thus, viz（拉丁文 videlicet 的縮寫形式，等於 namely）, whereas, while, yet 等。其中除 namely, viz, such as 只可連接單字或片語，for example, for instance, i.e. 一般用來連接子句或句子。

◈ I didn't invite your friend Bill to the party. **Besides**, he wouldn't have come.

　我沒有邀請你的朋友比爾參加晚會。即使邀請，他也不會來。

◈ The bank refused to help the company; **consequently**, the company went bankrupt.

　銀行拒絕幫助那公司，因此它破產了。

◈ I came **directly** after I got your message.

　我一接到你的信就來了。

◈ There has been no rain. **Thus** the crops are likely to suffer.

　一直沒有下雨，因此農作物可能要遭殃了。

# ❸ 對等連接詞的用法及分類

## 3.1 對等連接詞的用法

（一）對等連接詞可連接兩個以上的對等子句，使若干有關聯的句子，連接為一個含有兩個或多個子句的句子，而原來句子之間的關係將會更緊密、自然。如下列例句是兩個在意義上有關聯，但是各自獨立的句子：

◈ Tom went to London yesterday. Jim went to London yesterday.

　湯姆昨天去了倫敦。吉姆昨天去了倫敦。

這兩個句子可用連接詞 and 連接成為一個含有兩個對等子句的句子：

◈ Tom went to London yesterday, **and** Jim went to London yesterday, too.
湯姆昨天去了倫敦，吉姆昨天也去了倫敦。

◈ Tom went to London yesterday, **and** so did Jim.
湯姆昨天去了倫敦，吉姆也是。

（二）對等連接詞可連接一個句子中文法功能相同的部分。有時在兩個各自獨立的句子中，有某一部分或某些部分用字與文法作用都相同，只須將相同的保留其一，其餘則予以省略，將句子成分相同而用字不同的部分用連接詞連接起來，可連接兩個以上的主詞、動詞、受詞、補語、修飾語等。

A. 連接兩個主詞：

◈ <u>Tom **and** Jim</u> went to London yesterday.
湯姆和吉姆昨天去了倫敦。

◈ <u>**Both** Tom **and** Jim</u> went to London yesterday.
湯姆和吉姆昨天都去了倫敦。

◈ <u>**Not only** Tom **but also** Jim</u> went to London yesterday.
昨天不只湯姆，吉姆也去了倫敦。

B. 連接兩個動詞片語：

◈ She <u>woke up **and** got out of bed</u>.
她睡醒下床了。

◈ He <u>took out his pistol **and** pointed it at the robber</u>.
他掏出了手槍，指著強盜。

◈ She <u>came in</u> **and** <u>sat down</u>.
她進來並坐下了。

C. 連接兩個受詞：

◈ I have **neither** <u>time</u> **nor** <u>money</u>.
我沒時間也沒錢。

◈ She is good at **both** <u>music</u> **and** <u>art</u>.
她音樂和美術都擅長。

D. 連接兩個主詞補語：

◈ He is **not only** <u>a mean man,</u> **but** <u>a fool</u>.
他不但心腸很壞，還是個蠢才。

◈ The car was <u>quite old</u> **but** <u>in excellent condition</u>.
這輛車很舊了，但車況良好。

◈ Her fur coat is <u>soft</u> **and** <u>warm</u>.
她的毛皮外衣柔軟而暖和。

E. 連接兩個受詞補語：

◈ I saw them <u>dancing</u> **and** <u>singing</u> under a big tree.
我看見他們在一棵大樹下唱歌跳舞。

◈ He advised me <u>to keep silent</u> **and** <u>listen carefully</u> at the meeting.
他建議我開會時保持沈默並認真聽。

F. 連接兩個修飾語（如連接兩個修飾動詞的副詞）：

◈ The teacher usually speaks <u>softly</u> **and** <u>clearly</u>.
　那位老師講話通常溫柔且清楚。

◈ The guards stand steadily, looking **neither** <u>left</u> **nor** <u>right</u>.
　衛兵們站得很穩，不會左顧右盼。

（三）連接兩個含有相同助動詞的動詞片語時，第二個動詞片語裡的助動詞可以省略。

◈ He <u>is closing the door</u> **and (is)** <u>leaving the room</u>.
　他正在關門離開房間。
　（and 之後省略了助動詞 is。）

◈ We should **not only** be bold, **but also (should)** be cautious.
　我們不僅要大膽，還要謹慎。
　（but also 之後省略了助動詞 should。）

◈ She <u>can sing</u> **and (can)** <u>dance</u> very well.
　她能歌善舞。
　（and 之後省略了助動詞 can。）

（四）如連接詞連接兩個或兩個以上的不定詞片語（to＋V）時，第一個 to 須保留，其餘的 to 一般來說可以省略。

◈ Would you like <u>to drink some tea</u> **or (to)** <u>have a cup of coffee</u>?
　你想要喝點茶還是來杯咖啡？

◈ She decided <u>to attend college</u> **and (to)** <u>get a degree</u>.
　她決定上大學取得學位。

注：當不定詞表示對比、對照、強調或為求前後平衡時，不定詞的 to 不可省略。

◈ I think it is better **to try than not to try** at all.
我認為試比根本不試好。

◈ The house is **to be let**, **not to be sold**.
這間房子要出租，而不是出售。

（五）使用對等連接詞時，標點符號的運用：

A. 對等連接詞中的單純連接詞 and, but, neither, nor, or, so 連接
的兩個對等子句時，可在連接詞前加逗點。

◈ I went to her house**, and** she came to mine.
我去她家，她也來我家。

◈ She never said she was homesick**, but** she was indeed.
她從沒說過她想家，可是她真的想家。

◈ We must make a decision at once**, or** it will be too late.
我們必須馬上做決定，不然就來不及了。

◈ If you don't go**, neither** do I.
如果你不去，我也不去。

◈ Mr. Brown never stays up**, nor** does his wife.
布朗先生從不熬夜，他的妻子也一樣。

B. 對等連接詞連接的兩個子句如較短或關係較密切，常可不
加逗點，如句子較長，則必須加逗點。

◈ I left **and** he came.
我走了，他來了。

◈ The law is one thing **and** what is right is another.
法律是一回事，公理是另一回事。

◈ My husband likes pop music **but** I don't.
我的丈夫喜歡流行音樂，但是我不喜歡。

◈ The shops were closed **so** I didn't get any milk.
商店都關了，所以我沒買到牛奶。

◈ He went to New York to attend an international meeting last Monday, **and** he flew to Paris on business from there yesterday.
他上星期一去紐約參加一個國際會議，昨天他從那裡飛往巴黎洽公。

C. 如果欲用同一個連接詞連接三個或三個以上的詞語時，為避免重複，前面的連接詞常用逗點代替，但最後兩者之間要用連接詞，該連接詞之前的逗點，現在通常可以省略；但在可能產生歧義時，則必須加逗點。

◈ You can have coffee, tea(,) **or** milk.
你可以喝咖啡、茶或牛奶。

◈ Water, air(,) **and** sunshine are necessary to life.
水，空氣和陽光是生存必需的要素。

◈ I want to buy some bread, butter, meat, milk, sugar(,) **and** tomatoes.
我想要買一些麵包、奶油、肉、牛奶、糖和番茄。

◈ The adjutant saluted, turned(,) **and** went out.
這個副官敬禮，轉身，走了出去。

◈ She learned how to read **and** (to) speak English, (to) use the computer, **and** (to) play the piano at the age of six.
她六歲時就學習英文的閱讀和口說、打電腦與彈鋼琴。

◈ There are ambulances, trucks, **amphibious vehicles, and tanks** in this regiment.
此團有救護車、卡車、兩棲車輛,以及坦克。

（and 之前有逗點,表示形容詞 amphibious 只修飾名詞 vehicles,並無修飾 tanks,如不加逗點,句子的意義就會改變,如下例所示。）

◈ There are ambulances, trucks, **amphibious vehicles and tanks** in this regiment.
此團有救護車、卡車、兩棲車輛和兩棲坦克。

（and 之前無逗點,形容詞 amphibious 修飾並列的名詞 vehicles and tanks＝amphibious vehicles and amphibious tanks。）

D. 在連接三個或三個以上的並列的詞語時,有時會在每兩個詞語之間都用連接詞,而不用逗點。

◈ This needs wisdom **and** bravery **and** prudence **and** patience.
這需要智慧、勇敢、謹慎和耐心。

◈ It takes time **and** manpower **and** a large sum of money.
這需要時間、人力、和一大筆錢。

E. 有時連接詞會都用逗點代替,甚至兩個或多個對等的句子也可用逗點代替連接詞。

◈ Alice is beautiful, healthy, clever, capable.
愛麗絲美麗、健康、聰明又能幹。

◈ Mr. Scott was a strong, tall, old man.
史考特先生是健壯、高大的老人。

◈ Some people like to go out for a walk after supper, **(while)** others like to stay at home watching TV.
有人喜歡在晚飯後出去散步，（而）也有人喜歡待在家裡看電視。

◈ One child isn't enough, two are just right, three are too many.
一個孩子不夠，兩個剛剛好，三個則太多。

◈ Paupers want to be rich men, rich men want to be kings, kings want to be gods.
窮人想成為富人，富人想成為國王，國王想成為神仙。

F. 副詞連接詞（或稱作連接副詞），如 however, nevertheless, therefore, besides, still, hence 等，在連接子句時，其前面需加分號。

◈ There was no news; **nevertheless** we went on hoping.
儘管毫無消息，我們仍抱著希望過日子。

◈ I think; **therefore** I am.
我思故我在。

◈ I have only an old car; **still** it is better than nothing.
我只有一輛舊車，儘管如此，有總比沒有好。

◈ Mother has fallen ill; **hence** I must go home now.
媽媽生病了，因此我得現在回家。

◈ The car was almost new; **besides,** it was very cheap.
那輛車幾乎全新，此外還非常便宜。

實用英語文法 百科 5

G. 副詞連接詞有時可和單純連接詞 and, but, yet 連用，意義不變。

◈ He was very tired, **and therefore** he fell sound asleep.
他非常累，因此睡得很熟。

◈ He's very rich, **but still** he's not content.
他非常富有，但仍不滿意。

◈ I don't like the style of the car, **and besides,** it's too expensive.
我不喜歡這輛車的款式，此外，它也太貴了。

◈ She trained hard all year **yet still** failed to reach her best form.
她全年努力訓練，但仍未達到最佳的狀態。

## 3.2 對等連接詞的分類

對等連接詞根據其表示的意義，可分為累積連接詞（copulative conjunction）、選擇連接詞（alternative conjunction）、反意連接詞（adversative conjunction）、推論連接詞（illative conjunction）和解釋連接詞（explanatory conjunction）。

### 3.2.1 累積連接詞（copulative conjunction）

累積連接詞，用以把文法相同的部分透過累加的方式連接在一起，常見的有 and, as well as, both... and, not only... but also, neither... nor, neither, nor, then, what with... and (what with), what by... and (what by), what is more, what is worse, never... but, also 以及副詞連接詞 again, besides, further, furthermore, in addition, likewise, moreover, similarly 等。

（一）and 作為累積連接詞的用法如下：

A. 表示「和」、「與」、「及」、「又」、「而且」、
「兼」。

◈ Every hour **and** every minute is important.
每一小時和每一分鐘都是重要的。

◈ Bread **and** milk are wholesome foods.
麵包和牛奶是營養食品。

◈ He's a writer **and** statesman.
他是作家兼政治家。

◈ This four-year-old girl is able to read **and** write.
這個四歲女孩能讀又能寫。

◈ He speaks slowly **and** clearly.
他講話慢而清楚。

B. 表示「加」或連接百位數及不足百位的數字。

◈ Two **and** three makes five.
二加三等於五。

◈ Four **and** five is nine.
四加五等於九。

◈ I have only two hundred **and** thirty-five dollars.
我只有235美元。

C. 連接並列、對稱的人或物，形成固定用法。

| | |
|---|---|
| bow and arrow 弓箭 | pen and ink 筆墨 |
| day and night 日夜 | summer and winter 無論冬夏 |
| man and woman 男女 | husband and wife 夫妻 |
| mother and child 母子 | master and servant 主僕 |
| old and young 老幼 | rich and poor 貧富 |
| heart and soul 全心全意 | drink and drive 酒駕 |
| ham and eggs 火腿蛋 | bread and butter 生計 |
| a cup and saucer 一套杯碟 | a knife and fork 一副刀叉 |
| meat and potatoes 最基本的部分，基礎 | milk and water 淡而無味的，乏味的 |

◈ He thinks of her <u>day **and** night</u>.
他日夜想念她。

◈ Tom plays the violin badly, but with all his <u>heart **and** soul</u>.
湯姆小提琴拉得不好，但他全心全意，十分認真。

◈ The old man goes out without a hat in <u>summer **and** winter</u>.
那老人一年到頭出門都不戴帽子。

◈ Please pass me <u>a cup **and** saucer</u>, and <u>a knife **and** fork</u>.
請遞給我一套杯碟和一副刀叉。

◈ It's cold outside. Take <u>a hat **and** coat</u> with you.
外面很冷。帶著大衣和帽子吧。

◈ Do you have <u>a needle **and** thread</u> here?
你這裡有針線嗎？

D. 連接相同的名詞或表示數量的形容詞、數詞，強調數量之
　　多，表示「許多」、「好幾……」。

◈ We waited for <u>weeks **and** weeks</u>.
　我們等了好幾個星期。

◈ They walked for <u>miles **and** miles</u>.
　他們走了許多哩。

◈ There are <u>books **and** books</u>.
　書好壞不一。

◈ There are <u>teachers **and** teachers</u>.
　教師有好有壞。

◈ I called them <u>many **and** many a time</u> yesterday, but nobody answered.
　昨天我打了好多次電話給他們，但沒有人接。

◈ She has <u>lots **and** lots</u> of friends.
　她有許許多多的朋友。

◈ <u>Thousands **and** thousands</u> of people watched the soldiers on parade.
　成千上萬人觀賞了閱兵。

E. 連接相同的動詞，含有「連續」、「反覆」、「一再地」
　　的意思，表示「……了又……」。

◈ We <u>talked **and** talked</u> until midnight.
　我們聊著，聊著，一直聊到午夜。

◈ We <u>walked **and** walked</u> for three hours about the streets of Paris.
　我們在巴黎街頭走了又走，走了三個鐘頭。

◈ He <u>tried</u> **and** <u>tried</u> but without success.
　他試了又試卻未成功。

◈ When Bill was happy he <u>laughed</u> **and** <u>laughed</u>.
　當比爾高興的時候，他就笑個不停。

F. 在非正式用法中，and 可置於 come, go, try 等表示祈使的動
　詞之後，代替不定詞，表示目的。

◈ <u>Come</u> **and** <u>see</u> me tomorrow.
　明天來看我。

◈ <u>Go</u> **and** <u>get</u> something to eat for me.
　去給我弄點吃的來。

◈ <u>Try</u> **and** <u>do</u> it.
　試著做做看吧。

◈ <u>Stand up</u> **and** <u>say</u> "good-bye" to Aunt Marina.
　站起來跟瑪麗娜姑姑說「再見」。

◈ <u>Stay</u> **and** <u>take</u> dinner.
　留下來吃晚飯吧。

◈ <u>Be sure</u> **and** <u>come</u>.
　一定要來。

G. 在具有條件意義的祈使句後，連接表示結果的子句。

◈ Make a move, **and** I'll shoot.
　敢動我就開槍。

◈ Study hard, **and** you'll pass the exam.
　努力讀書，考試就會及格。

H. 在敘述句中，接在一個動作之後，表示「然後」、「接著」、「就」等。

◈ She came in **and** sat down.
她進來後就坐下。

◈ I pulled the trigger **and** the gun went off.
我一扣扳機，槍就響了。

◈ The sun came out **and** the grass dried.
太陽一出來，草就乾了。

◈ I said go **and** he went.
我說走，他就走了。

◈ One step further **and** he is a dead man.
再往前一步他就死定了。

I. 用以加強語氣，表示「而且」。

◈ He did the work, **and** he did it well.
他做了這工作，而且做得很好。

◈ He solved the problem carefully, **and** without error.
他謹慎地解決了這問題，而且沒有出錯。

J. 表示「卻」、「而」。

◈ He is so rich, **and** lives like a beggar.
他如此富有，卻生活得像個乞丐。

◈ He promised to come, **and** didn't.
他答應來，卻沒來。

K. 連接兩個一樣的形容詞或副詞的比較級，表示「越來越……」。

◈ After the fall Equinox, the nights become <u>longer **and** longer</u>, while the days become <u>shorter **and** shorter</u>.
秋分之後，黑夜變得越來越長，而白天變得越來越短。

◈ Things are getting <u>better **and** better</u>.
情況變得越來越好。

◈ Seeing the police, the thief ran <u>faster **and** faster</u>.
竊賊看到警方，跑得越來越快。

L. 「部分形容詞＋and」可充當副詞修飾其後的形容詞或副詞；另有「部分形容詞＋and＋形容詞或副詞」可充當副詞修飾動詞。

◈ The horse is going **nice and** <u>fast</u>. (＝The horse is going very fast.)
這匹馬跑得很快。

◈ It's **nice and** <u>cool</u> in the woods. (＝It's very cool in the woods.)
森林裡涼爽宜人。

◈ I was **good and** <u>tired</u>. (＝I was very tired.)
我累極了。

◈ He was **good and** <u>hungry</u>. (＝He was very hungry.)
他餓極了。

◈ He drove **good and** <u>fast</u>. (＝He drove very fast.)
他車開得很快。

◈ She pushed him **good and** hard. （＝She pushed him very hard.）
她用力地推了他一下。

◈ The grass is **fine and** tall. （＝The grass is very tall.）
草長得好高。

◈ The message goes out **loud and** clear.
（＝The message is very easily understood.）
這則留言很好懂。

◈ It's an invention **pure and** simple.
（＝It's an invention and nothing else.）
這完全是捏造的。

（二）also 作為連接詞，相當於 and，但這不如 and 常用，表示「又」、「也」。

◈ She washed the children, **also** gave them their breakfast.
她為孩子們洗了澡，又給他們早飯吃。

◈ He was mean, **also** sinister.
他卑鄙又陰險。

◈ She has reputation for brilliance. **Also**, she is gorgeous.
她以才華橫溢聞名。而且，她還很漂亮。

（三）as well as 表示「同」、「和」、「也」、「除……之外」。

◈ Lily **as well as** Constance was in mourning.
莉莉和康斯坦絲都在服喪。

◈ She is my friend **as well as** my doctor.
她是我的朋友，也是我的醫生。

◈ He **as well as** I likes sports.
他和我一樣喜歡運動。

◈ Hiking is good exercise **as well as** fun.
徒步旅行除了好玩外，還是很好的運動。

（四）both... and... 表示「和」、「既……，也……」、
「既……，又……」。

◈ He is **both** a famous singer **and** a good teacher.
他即是知名歌手，也是優秀教師。

◈ She was a success **both** as a pianist **and** as a conductor.
她既是出色的鋼琴家，也是出色的指揮家。

◈ The movie is **both** interesting **and** instructive.
這部電影既有趣又有教育意義。

◈ The situation **both** at home **and** abroad is in our favor.
國內外形勢都對我們有利。

（五）not only... but (also) 表示「不但……而且……」，連接兩個
主詞時，動詞的單複數要與 but (also) 後面的主詞一致。

◈ **Not only** I, **but** all the other men **say** so.
不只我，其他人都這麼說。

◈ **Not only** the planets **but also** the sun **is** in constant motion.
不只行星，太陽也不斷地運轉。

◈ He's **not only** a knave, **but** a fool.
他不但是惡棍，還是蠢材。

◈ We should **not only** be bold, **but also** cautious.
我們不僅要大膽，還要謹慎。

（六）neither 與 nor 的用法：

A. neither... nor... 表示「兩者都不」、「既不……又不……」，連接兩個主詞時，在正式的用法中，動詞的單複數應與後者一致；在非正式的用法中，nor 之後的主詞無論是單數還是複數，常有用複數動詞的情況。

◈ **Neither** you **nor** she **is** at fault.
你和她都沒有過失。

◈ **Neither** dog, cat, **nor** mice **are** in the house.
這房子裡沒有狗，沒有貓，也沒有老鼠。

◈ **Neither** you **nor** I **nor** anybody **has** seen it.
你、我和任何人都沒有見過它。

◈ It is **neither** hot **nor** cold.
天氣不冷也不熱。

◈ **Neither** John **nor** Peter is wrong.
約翰和彼得都沒有錯。

B. nor 表示「又不」、「也不」、「也沒有」，引導子句時要倒裝，在連接子句時其前面也可加 and 或 but。

◈ Not a man **nor** a child was to be seen.
一個人也沒瞧見。

◈ I have no mother, **nor**, in fact, any relations.
我沒有媽媽，事實上，也沒有任何親人。

◈ She did not stir **nor** look up.
她沒有動，也沒抬頭看一看。

◈ He doesn't smoke, **nor** does he drink.
他既不吸菸，也不喝酒。

◈ He isn't a detective, **(and) nor** am I.
他不是偵探，我也不是。

◈ He doesn't do it, **(but) nor** does he try.
他沒有做此事，也沒有試圖去做。

C. 在文雅用語中，以 nor... nor... 代替 neither... nor...，表示「既
不……又不……」、「既非……又非……」。

◈ **Nor** gold **nor** silver can buy it.
這是金錢買不到的。

D. neither 是副詞連接詞，連接子句時須多加 and，在古雅的
用法中也可作連接詞，可直接連接子句，表示「也不、也
非」。

◈ I don't know and **neither** do I care.
我不知道，我也不在乎。

◈ The first one was not good and **neither** was the second.
第一個不好，第二個也不好。

◈ If you don't go, **neither** shall I.
如果你不去，我也不去。

◈ I know not, **neither** can I guess.
我既不知道，也無法猜測。

（七）What with... and (what with)... 表示「一方面因為……一方面因為……」或「因……和……」。

◈ **What with** the wind **and (what with)** the rain our trip was spoiled.
因為颱風下雨，我們的旅行搞砸。

◈ **What with** all this work **and** so little sleep at nights, I don't think I can go on much longer.
由於工作這麼多，每晚又睡得這麼少，我恐怕支撐不下去了。

（八）What is more 表示「再者」、「而且」、「此外」、「更有甚者」。

◈ He's a learned scholar, and **what's more**, a famous writer.
他是一位有學問的學者，而且還是著名的作家。

◈ They are going to get married, and **what is more** they are setting up in business together.
他們快結婚了，而且還要一起做生意。

◈ He is dirty, and **what is more** he smells.
他很髒，而且身上有臭味。

（九）What is/was worse 表示「更糟糕的是」。

◈ **What was worse**, he told a lie.
更糟糕的是他說了謊。

◈ **What was worse**, he refused to apologize.
更糟糕的是他拒絕道歉。

（十）never... but... 表示「從來沒有……而不……」、「一……就……」。

◈ It **never** rains **but** pours.
雨不下則已，一下傾盆。（比喻：禍不單行，壞事總是接踵而來。）

◈ She **never** hears such a story **but** she weeps.
她聽到這樣的故事一定會哭。

◈ John got sick, and then his brothers and sisters all got sick. It **never** rains **but** it pours.
約翰病了，接著，他的兄弟姐妹也全都病了。真是禍不單行。

◈ I **never** pass my old house **but** I think of the happy years I spent there.
每當我路過我的老家時，都會憶起我在那裡度過的幸福歲月。

（十一）連接副詞包括 again, besides, further, furthermore, in addition, likewise, moreover, similarly, and then 等，基本上還是副詞，用法上接近累積連接詞，表示「此外」或「而且」，一般只可連接兩個獨立的子句或句子，其前面多接分號或句點。

◈ There is an important letter to answer. **Again**, there is another matter to consider.
有一封重要的信要回覆。此外，還有另一件事要考慮。

◈ I am too tired to go; **besides**, it is too late.
我累到沒辦法去，而且時間也太晚了。

◈ Constance is very diligent and capable; **besides**, she is a wonderfully dutiful girl.
康斯坦絲非常勤奮、能幹，而且她是極為盡職的女孩。

❖ My client says he does not know this witness. **Further**, he denies ever having seen her or spoken to her.
我的委託人說他不認識這名證人。而且，他否認曾經看見過她或和她說過話。

❖ I am not looking for a job. **Furthermore**, I am not going to look for a job.
我沒在找工作，而且，我也不打算找工作。

❖ You need money and time; **in addition**, you need diligence.
你需要金錢和時間，此外，你還需要勤奮。

❖ The candidate is a broadcaster of some experience, and a respected drama critic. **In addition**, she has written a successful novel.
這位候選人是有一定經驗的播音員，也是受人尊敬的戲評。此外，她還寫過一部很成功的小說。

❖ You must pack plenty of food for the journey. **Likewise**, you shall need warm clothes, so pack them too.
你必須帶足夠這趟旅行吃的食物。另外，你還需要保暖的衣服，所以也把它們打包吧。

❖ The workers refused to work. **Likewise**, the boss refused to increase their wages.
工人拒絕上班。老闆同樣拒絕為他們加薪。

❖ You cannot go out because it's a stormy night; **moreover**, your homework hasn't been done.
你不能出去，因為今晚有暴風雨。此外，你的作業也還沒做完。

❖ Cycling is good exercise; **moreover**, it doesn't pollute the air.
騎腳踏車是好運動；此外，也不會污染空氣。

◈ These reporters only treated some less important details of the conspiracy. **Similarly**, the political and economic background of it is inadequately treated.
這些記者只談到關於陰謀的一些比較次要的細節。同樣地，對於其政治與經濟背景也未充分討論。

◈ I love this job, **and then** it pays so well.
我喜歡這份工作，而且待遇那麼高。

◈ The rent is reasonable, **and then** location is highly desirable.
租金合理，而且地點也非常理想。

（十二）連接詞 when 也可作累積連接詞，其用法如下：

A. when 表示「然後」、「那時」，相當於 and then，when 引導的子句之前會加上逗點，和前面的子句作區隔。

◈ The dog growled till his master spoke, **when**(=<u>and **then**</u>) he gave a joyful bark.
那隻狗不停怒吼到主人出聲為止，然後再開心地汪了一聲。

◈ They arrive at six, **when** we all have dinner.
他們六點到，然後我們一起吃晚飯。

◈ Wait till six, **when** he will come back.
等到六點，那時候他就回來了。

◈ He retired from the navy, **when** he decided to take up astronomy.
他從海軍退役，然後決定研究天文學。

B. 由 when 引導的子句可置於句尾，表示全句重點或強調之

處。須注意在此狀況之下是由另外一個對等子句提供時間背景。如：

◈ We <u>were</u> just <u>leaving</u>, **when** it began to snow.
我們剛要走，就下起雪來了。

◈ I <u>was watching</u> the television, **when** suddenly the lights went out.
我正在看電視時，電燈突然熄滅了。

◈ I <u>was taking</u> a walk, **when** I came across him.
我正在散步時，偶然遇見了他。

◈ We were sitting near a bridge talking **when** someone fell into the river.
我們正坐在橋的附近談話時，有人掉入了河裡。

◈ We were talking about Tom, **when** he came in.
我們正在談論湯姆，他就進來了。

◈ We <u>had not gone</u> far, **when** the horse began to show signs of fatigue.
我們沒走多遠，馬就開始露出疲態。

## 3.2.2 選擇連接詞（alternative conjunction）

選擇連接詞用來將若干文法相同的部分連接在一起，以選擇其中某一個，常見的有 or, either... or, neither... nor, not... but，及表示選擇的副詞連接詞 else, or else, otherwise 等。

（一）or 的用法如下：

A. 在敘述句中表示「或」、「或者」、「不是……就是……」，連接兩個主詞時，動詞的單複數須與 or 後面的主詞一致。

◈ I may see her tonight **or** tomorrow morning.
　我可能會今晚或明早去看她。

◈ I'd like to paint the wall white, **(or)** light blue **or** light yellow.
　我想把牆漆成白色，（或）淺藍色，或者是淺黃色。

◈ Answer yes **or** no.
　回答是或不是。

◈ You **or** he **is** mistaken.
　不是你錯，就是他錯。

◈ He **or** <u>his servants</u> **were** to blame.
　要怪的不是他，就是他的僕人。

B. 在疑問句中表示「還是」。

◈ Which would you like, tea **or** coffee?
　你想喝什麼，茶還是咖啡？

◈ Is your hat green **or** blue?
　你的帽子是綠色還是藍色？

C. 用於否定詞之後，表示「也不」、「也沒有」。

◈ He has no brothers **or** sisters.
　他沒有兄弟，也沒有姐妹。

◈ He can't read **or** write.
　他不會看書，也不會寫字。

◈ He never smokes **or** drinks.
　他從不吸菸，也不喝酒。

◈ She can never marry **or** have children.
她永遠不能結婚，也不能生孩子。

D. 用於引導意思相近的字詞，表示「即」、「也就是」、「或者說是」等。

◈ This is the end **or** last part.
這就是結尾，即最後部分。

◈ He bought it for one dollar, **or** NT$30.
他花了一美元買它，合台幣 30 元。

◈ Mrs. Jones began to take an interest in the culinary arts **or** of cookery.
瓊斯太太開始對烹飪，即做菜感興趣。

E. 表示大概或不確定的量，意指「大約」、「或許」。

◈ It will take two **or** three hours to finish the work.
完成此工作需要兩、三個小時。

◈ I lent her three hundred dollars **or so**.
我借她大約 300 美元。

F. 表示「否則」、「不然」。

◈ He fled away, **or** he would have been killed.
他逃跑了，不然早被殺了。

◈ Hands up, **or** you will be fired upon.
手舉起來，否則你就會被擊斃。

◈ Hurry up, **or** you'll miss the flight.
快一點，不然你就會誤了班機。

G. 表示讓步，意指「不管……」、「無論」。

◈ You'll have to enter the house, dog **or** no dog.
你必須進去那間房子，不管有沒有狗。

◈ Rain **or** shine, I'll go and see her.
無論如何，我都要去看她。

（二）either... or... 的用法如下：

A. 表示「或是……或是……」、「不是……就是……」、「要嘛……要嘛……」。either... or... 連接兩個主詞時，動詞的單複數須與 or 後面的主詞一致。

◈ Tell him to come **either** today **or** tomorrow.
叫他今天或明天來。

◈ **Either** you **or** I am right.
不是你對就是我對。

◈ **Either** do it at once **or** don't do it at all.
要嘛馬上就做，要嘛乾脆不做。

B. 用於否定句中表示「既不……又不……」、「……或……」。

◈ He is <u>not</u> being **either** frank **or** fair.
他既不坦率又不公正。

◈ I would<u>n't</u> dream of asking **either** Katherine **or** my mother to take on the responsibility.
我沒辦法想像讓凱薩琳或我的母親承擔責任。

（三）neither... nor... 表示「既不……又不」，連接兩個主詞時，動詞的單複數須與 or 後面的主詞一致。

◈ He speaks **neither** German **nor** French.
他不會說德語，也不會說法語。

◈ It's **neither** hot **nor** cold.
天氣不冷也不熱。

◈ **Neither** you **nor I am** right.
你和我都不對。

（四）not... but... 表示「不是……而是……」、「沒……而……」。

◈ Shakespeare was **not** a musician **but** a poet and dramatist.
莎士比亞不是音樂家，而是詩人兼劇作家。

◈ What he wants is **not** money **but** justice.
他要的不是金錢而是正義。

◈ His wife did **not** scold him, **but** comforted him instead.
他的妻子沒有責怪他，反而安慰他。

（五）副詞連接詞 else, or else, otherwise 皆可表示「否則」、「不然」，用以連接子句，可置於逗點、分號或句點之後。

◈ Hurry, or else you will be late.
快點，不然你要遲到了。

◈ To meet the needs of the new situation, agriculture had to undergo a drastic change—that was indisputable, **else** the country would have starved.
為了因應新形勢的需要，農業必須進行巨大的變革──這是毫無疑問的，否則全國就會挨餓。

◈ Do what you are told; **otherwise** you will be punished.
照吩咐行事，不然就會受罰。

◈ I was not informed. **Otherwise** I should have taken some action.
沒有人通知我，不然我就會採取行動。

## 3.2.3 反意連接詞（adversative conjunction）

反意連接詞，又稱相反連接詞，用以連接前後意思相反或互為對比的文法相同的部分，表示意思的轉折，常見的有 but, yet, however, only, still, on the contrary, on the other hand, nevertheless, whereas, while 等。除 but 外，其他皆為副詞連接詞，只可連接子句或句子，不可連接單字或片語。有些文法學家也會把反意連接詞中的 whereas 和 while，當作從屬連接詞用。

（一）but 的用法如下：

A. 用以連接含有轉折意義的單字、片語或句子，表示「而」、「但是」、「卻」、「然而」等，在反意連接詞中語義最強。

◈ He is smart **but** naughty.
他很聰明，卻很淘氣。

◈ He is good at speaking **but** poor at writing.
他很會說，卻寫得很糟。

❖ He promised to come, **but** he didn't.
他答應要來，卻沒有來。

B. 表示「但也」。

❖ He was tired **but** happy after the long walk.
他走了很長一段的路，雖然很累但也很愉快。

❖ He is young, **but** prudent.
他雖然年輕，但也很謹慎。

C. 在某些習慣用語中，表「讓步」的強調語氣。

❖ It is true he is old, **but** he is still strong.
他確實老了，但他還很健壯。

❖ It is true he is not talented, **but** he is very studious.
他確實不聰明，可是他十分好學。

❖ Indeed he is old, **but** he works hard.
他的確是老了，但他仍然努力工作。

❖ Indeed these problems are difficult, **but** I am sure they can be solved.
這些問題確實很難，可是我相信是能夠解決的。

❖ To be sure she is not perfect, **but** she is very industrious, sensible and reliable.
她雖然不完美，但是她十分勤奮、通情達理，並且值得信賴。

❖ To be sure he had little schooling **but** he knew much.
他雖然幾乎沒有受過教育，可是他知道很多事情。

（二）yet, however, still, nevertheless 皆可表示「但是」、「可是」、「然而」。

◈ Jane said she was ill, **yet** I saw her in the street just now.
珍說她病了，可是我剛才還在街上看見她。

◈ She couldn't play the piano, **yet** she refused to sell it.
她不會彈鋼琴，但還是不願意賣掉。

◈ She is very kind-hearted. **However,** she is not a fool.
她心地善良，但她不是傻瓜。

◈ He is poor; **however** he is honest.
他雖然貧窮，但很誠實。

◈ It was futile, **still**, they fought.
勝利雖已無望，他們仍然繼續戰鬥。

◈ I see your point of view; **still** I don't agree with you.
我明白你的觀點，但我仍然不同意你的意見。

◈ I can't go. **Nevertheless**, I appreciate the invitation.
我不能去，但還是感謝你的邀請。

◈ The news may be unexpected; **nevertheless**, it is true.
消息也許出人意表，卻是千真萬確。

（三）while 和 whereas 用以表示對比，可指「但」、「而」或「然而」，但是 whereas 不及 while 常用，為正式的用法，尤其多出現於法律文件。

◈ Mrs. Scott works hard all day **while** Mr. Scott does nothing but play.
史考特太太整天努力工作，而史考特先生除了玩樂什麼也不做。

◈ I have no money to spend **while** you have nothing to spend money on.

我沒錢花，而你的錢卻無處可花。

◈ He earns 8,000 pounds a year **whereas** she gets at least 20,000 pounds.

他年收入八千英鎊，而她年收入至少兩萬英鎊。

（四）only 表示「只是」、「但是」、「不過」。

◈ This book is very good, **only** it's too expensive.

這本書很好，只是太貴了。

◈ They want to help her. **Only** she refuses to accept help.

他們想幫助他，但是她不肯接受幫助。

◈ You may go, **only** come back early.

你可以去，不過早點回來。

◈ He wants to go, **only** he can't.

他想去，可是不能去。

（五）on the other hand 表示「另一方面」、「可是」、「但是」，on the contrary 雖可表示相同的意思，但主要實指「相反地」。

◈ Food was abundant; **on the other hand**, water was running short.

食物很充裕，但水快不夠用了。

◈ The job wasn't very interesting; **on the other hand**, it was high paying.

這工作不是很有趣，可是工資很高。

◈ The electrons are extremely light; the nucleus, **on the contrary**, is very heavy compared with electrons.
電子很輕,可是,與電子相比,原子核很重。

◈ I don't admire the man, **on the contrary,** I've great contempt for him.
我非但不佩服那名男子,反而很鄙視他。

◈ A: This is old-fashioned clothing.
B: **On the contrary**, this is the latest fashion.
A: 這件衣服過時了。
B: 恰恰相反,這是最流行的款式。

◈ A: I hear you are enjoying your new job.
B: **On the contrary**, I find it rather dull.
A: 我聽說你很喜歡你的新工作。
B: 恰好相反,我覺得這工作相當乏味。

## 3.2.4 推論連接詞 (illative conjunction)

推論連接詞又稱結果連接詞 (resultative conjunction),為連接副詞,用以連接子句,按理推論,說明因果關係,前面須加上分號、逗號或 and,在句首時則可省略分號。常見的有 so, therefore, accordingly, consequently, thus, then, hence 等。

(一) so 表示「因此」、「所以」,還可用於推論,表示「原來」、「那麼」、「這麼說來」。

◈ She asked me to go, <u>and **so**</u> I went.
她要我去,所以我就去了。

◈ The bank went broke, <u>and **so**</u> the creditors were ruined.
銀行倒閉了,因此這些債權人都破產了。

◈ You bought a lot of furniture. **So** you are going to live here again.

你買了許多傢俱。這麼說來，你又要住在這裡了。

（二）therefore, accordingly, consequently, hence 皆可表示「因此」、「所以」。

◈ She was very tired, <u>and **therefore**</u>, she fell sound asleep as soon as she went to bed.

她很累，因此一上床就睡得很熟。

◈ He was busy; **therefore,** he could not come.

他很忙，所以他不能來。

◈ We have different backgrounds, different histories. **Accordingly**, we have the right to different futures.

我們有不同的背景和歷史。因此，我們也有邁向不同未來的權利。

◈ He was told to speak briefly; **accordingly,** he cut short his remarks.

人家叫他簡短說明，因此他把評論縮短了。

◈ The company went bankrupt. **Consequently**, he lost his job.

公司破產了，因此他失業了。

◈ My car broke down <u>and **consequently**</u>, I was late.

我的車壞了，所以我遲到了。

◈ Mary's father died, and she was his only daughter. **Hence** she inherited all his property.

瑪麗的父親死了，而她是獨生女，所以繼承了父親全部的財產。

（三）thus 表示「因此」、「所以」、「於是」等。

◈ He studied hard; **thus,** he got high marks.
他很用功，因此他獲得了高分。

◈ Costs and overhead are up; **thus,** prices must rise.
成本和開支都增加了，因此必須漲價。

（四）then 表示「因此」、「那麼」、「這樣」、「這樣說來」
等。

◈ The sun rose, <u>and **then**</u> the fog disappeared.
太陽出來了，因此霧散了。

◈ You've been on an empty stomach for over twelve hours,
**and then** you must be very hungry.
你已空腹超過十二個小時了，因此你一定很餓了。

◈ Go out by the back door, **and then** nobody will see you.
從後門出去，這樣就不會有人看見你了。

◈ I see that you've given him an excellent report. **Then,** you
must be very satisfied with his work.
我看到你給了他一份優秀的成績單，這樣說來，你一定對他的工
作很滿意。

◈ A: Please give my regards to Marina.
B: **Then,** you are not coming with us?
A: 請代我向瑪麗娜問好。
B: 這麼說，你不打算和我們一起去？

## 3.2.5 解釋連接詞（explanatory conjunction）

解釋連接詞用來解釋、說明原因或舉例，表示同位關係，有
for, namely, viz.（videlicet 的縮寫，即 namely）, i.e., thus, in other

words, specifically, for example, for instance 以及可作連接副詞用的
first, second/secondly, thirdly, then 等。

（一）for 是唯一用以說明緣由，表示原因的對等連接詞
（causative conjunction），只可置於所連接的兩個子句之
間，不可置於句首，其前面必須有逗點。for 前面連接的
子句表示結果，後面連接的子句解釋原因。

◈ He shook his head, **for** he thought differently.
他搖搖頭，因為他的想法不同。

◈ We didn't go yesterday, **for** it rained cats and dogs.
昨天我們沒去，因為下了傾盆大雨。

◈ Even in his irritability he was gentle, **for** his wife was with child.
他即使生氣的時候也很溫和，因為他的妻子懷孕了。

◈ We must start early, **for** we have a long way to go.
我們必須早點動身，因為要走很遠的路。

（二）連接副詞 namely, viz., i.e., in other words, specifically 表示
「即」、「也就是說」、「就是」、「換言之」等。

◈ Only two pupils got 100 on the test, **namely** Jenny and Billy.
只有兩個學生考一百分，就是珍妮和比利。

◈ The railroad connects two cities, **namely** New York and Chicago.
這條鐵路連接兩個城市，即紐約和芝加哥。

◈ On most English farms you'll find four kinds of animals, **viz.** horses, sheep, cattle, and pigs.
在大多數英國農場可以看到四種動物，即馬、羊、牛、豬。

◈ We know there are three major advantages of the design, **viz.** cheapness, simplicity and practicality.
我們知道這個設計有三大優點,即便宜,簡單,實用。

◈ Cotton came down in Bombay yesterday, **i.e.**, it became cheaper.
孟買的棉花昨天降價了,換句話說,就是變便宜了。

◈ She is brilliant at the piano, **i.e.**, she plays the piano brilliantly.
她有彈鋼琴的才能,也就是說她鋼琴彈得很出色。

◈ Your performance in the exam did not reach the required standard—**in other words**, you failed.
你考試的成績沒有達到標準,也就是說,你沒有及格。

◈ I soon found that the work I was doing had already been done by someone else—**in other words**, I was wasting my time.
我不久就發現我在做的這項工作已經有人做了,換句話說,我在浪費時間。

◈ Mr. Li can speak quite a few languages, **specifically** English, Japanese, German, French, Spanish, Latin(,) and Chinese.
李先生會說好幾種語言,具體來說包括英文、日文、德文、法文、西班牙文、拉丁文和中文。

(三)連接副詞 thus, for example, for instance 等表示「如」、「例如」、「諸如」、「像」。序數詞 first, second 的副詞用法,也可作為連接詞列舉事物。

◈ The play is commonly criticized because there are too many scenes. **Thus/For example/For instance**, in the Fourth Act there are no less than thirteen scenes.

這齣戲因場次太多而普遍受到批評。例如第四幕高達十三場。

（四）first, firstly, second, secondly, then 等用以列舉。

◈ I'd like you to do two things for me. **First**, call the office and tell them I'll be late; **secondly**, call a taxi to be here in about half an hour.

我想請你為我做兩件事。第一，打個電話到辦公室說我會晚到。第二，叫一輛計程車大約半小時後來這裡。

◈ I won't take this coat. **First(ly)**, it is too expensive; **secondly**, it is very ugly.

我不想買這件外套。一來太貴，二來很難看。

# ◢4◣ 從屬連接詞的分類及用法

從屬連接詞是連接從屬子句和主要子句的連接詞。按其作用可以劃分為：引導名詞子句的從屬連接詞、引導形容詞子句的從屬連接詞和引導副詞子句的從屬連接詞。

## 4.1 引導名詞子句的從屬連接詞

引導名詞子句的從屬連接詞有 that, whether, whether... (or not), if, lest, but, but that, but what；疑問代名詞：who, whom, whose, what, which；疑問副詞：when, where, why, how；複合關係代名詞：what, whatever, whoever, whomever, whosever, whichever 等。

## 4.1.1 that, lest, but, but that, but what 的用法

### 4.1.1.1 that 的用法

　　that 引導名詞子句。that 在引導名詞子句時，本身並無任何意義，that 所引導的子句可作主詞、受詞、主詞補語或同位語。

（一）that 引導的名詞子句可放在句首作主詞用，在此場合下 that 不可以省略。

◈ **That** the earth goes around the sun is known to all.
　地球繞太陽運轉，眾所皆知。

◈ **That** Shelley became a poet may have been due to his mother's influence.
　雪萊會成為詩人或許是由於他母親的影響。

◈ **That** he will be punished is certain.
　他無疑會受到懲罰。

◈ **That** he will succeed is doubtless.
　他毫無疑問會成功。

◈ **That** he knows the secret does not astonish me.
　他知道祕密，我並不驚訝。

◈ **That** the man made money is no proof of his merit.
　這人是賺了錢，但不足以證明他的真實價值。

（二）可用 it 作虛主詞置於句首，代表其後作真正主詞的 that 子句。在此狀況下 that 可以省略。

◈ **It** is known to all **(that)** the earth goes around the sun.
　地球繞太陽運轉，眾所皆知。

◈ **It** was quite plain **(that)** he didn't want to come.
他顯然不想來。

◈ **It** is natural **(that)** he should complain.
他發牢騷是很自然的。

◈ **It** was clear **(that)** his words pleased her.
顯然他的話逗她開心了。

◈ **It** appears **(that)** the two leaders are holding secret talks.
那兩位領導人好像在舉行祕密會談。

◈ **It** is strange **(that)** you should think so.
你竟然會這麼想，真是奇怪。

◈ **It** seems **(that)** he is not clever.
他似乎不聰明。

◈ **It** is necessary **(that)** I should work.
我一定要工作。

（三）that 引導的名詞子句可在句中作動詞的受詞。在此狀況下
　　　that 通常可以省略。

◈ I know **(that)** I am wrong.
我知道我錯了。

◈ He told me **(that)** the debt had been paid.
他對我說債已還清了。

◈ He called her **(that)** he wanted to see her.
他打電話對她說想要見她。

◈ I believe **(that)** you are mistaken.
我認為你錯了。

◈ He wrote me a letter saying **(that)** <u>he had resigned his</u> <u>directorship and left the company</u>.
他寫信告訴我他已辭去董事的職務並離開了公司。

◈ I was surprised to hear **(that)** <u>that rascal became Vice</u> <u>President</u>.
聽到那個無賴當上副總統，我感到吃驚。

補充說明：

A. 由對等連接詞 and 或 but 所連接的兩個 that（受詞）子句，第一個子句中的 that 可以省略，第二個子句中的 that 則不可以省略。

◈ She promised **(that)** <u>she would come and see him</u> and **that** <u>she would never forget him</u>.
她保證她會來看他並永遠不會忘記他。

◈ I understand not only **(that)** <u>you have studied Chinese</u> but **that** <u>you have written ten Chinese poems</u>.
我知道你不僅學過中文，而且你還寫過十首中文詩。

◈ The dealer told me <u>how much he was prepared to pay for</u> <u>my car</u> and **that** <u>I could have the money without delay</u>.
那個商人告訴我他準備用多少錢買我的車，還說我會立即收到款項。

B. advise, arrange, ask, command, demand, desire, insist, intend, order, propose, prefer, request, require, resolve, suggest, urge 等表示「建議」、「要求」、「意願」的動詞，其後作受詞的 that 子句中，that 都不可省略。

◈ She <u>advised</u> **that** we (should) take steps at once.
她建議我們立刻採取行動。

◈ I <u>ask</u> **that** she (should) stay here.
我要求她留在這裡。

◈ Father <u>desires</u> **that** I (should) be an engineer.
父親希望我能成為一名工程師。

◈ The boss <u>ordered</u> **that** the work should be done on time.
老闆吩咐工作必須按時完成。

◈ She <u>prefers</u> **that** he (should) not get involved.
她寧願別讓他受到牽連。

◈ I <u>suggested</u> **that** he (should) adapt himself to his new conditions.
我建議他要自己適應新的情況。


C. 有些表示「知道」、「信念」、「情緒」的形容詞，
　如 afraid, astonished, certain, conscious, delighted, desirous,
　disappointed, eager, happy, frightened, glad, pleased, proud,
　sorry, sure, surprised, unaware, upset, worried 等，作補語時
　常可銜接由 that 引導的子句，以說明所意識到的事物及某
　種信念或情緒產生的原因。that 亦可省略。

◈ I'm <u>afraid</u> **(that)** I cannot come.
我恐怕不能來。

◈ I'm <u>certain/sure</u> **(that)** she will succeed.
我確信她會成功。

實用英語文法 百科 5

◈ I'm <u>astonished/surprised</u> **(that)** <u>he suddenly died</u>.
他突然去世讓我很震驚。

◈ She's <u>desirous</u> **(that)** <u>you (should) be there by lunch</u>.
她希望你午飯前趕到那裡。

◈ I'm <u>glad/happy/pleased</u> **(that)** <u>you could come and see me</u>.
很高興你能來看我。

◈ I'm <u>sorry</u> **(that)** I couldn't be there.
我很遺憾不能到場。

D. 為了避免重複，對話時用到 believe, expect, fancy, fear, guess, imagine, hope, suppose, think 等動詞或 be afraid 之後，可用 so 和 not 代替一個肯定或否定的 that 子句。

◈ "Do you think (that) he will come?"
"Yes, I **think so**." (＝I think he will come.)
「你覺得他會來嗎？」「嗯，我覺得他會來。」

◈ "Does he have enough money to buy the house?"
"I **believe not**."
(＝I believe he doesn't have enough money to buy the house.)
「他有足夠的錢買這間房子嗎？」「我相信他沒有。」

◈ "Will he move here next week?" "I **expect so**."
(＝I expect he will move here next week.)
「他下個星期會搬來這裡嗎？」「我認為他會搬來。」

◈ "Will it rain tonight?" "I **hope not**." (＝I hope it won't rain tonight.)
「今天晚上會下雨嗎？」「我希望不要下雨。」

◈ "Will he run away?" "I **suppose not**." （＝I suppose he won't run away.）
「他會逃跑嗎？」「我想不會。」

◈ "Can I take the magazine away?" "I**'m afraid not**."
（＝I'm afraid you cannot.）
「我可以把這本雜誌帶走嗎？」「很抱歉，恐怕不行。」

◈ "Are they going to lose the game?" "I**'m afraid so**."
（＝I'm afraid they are going to lose the game.）
「我擔心他們會輸。」「恐怕如此。」

◈ "She'll sit up with him the best part of every night."
"I **imagine so**."
（＝I imagine that she'll sit up with him the best part of every night.）
「她總是陪伴他度過每晚最好的時刻。」「我也是如此想像的。」

◈ "They were great friends when they were young."
"I**'ve been told so**."
（＝I've been told they were great friends when they were young.）
「他們年輕時就是好朋友。」「有人告訴過我。」

◈ "Our team will win the game." "All my friends **say so**."
（＝All my friends say that our team will win the game.）
「我們隊會贏得這場比賽。」「我所有的朋友都這麼說。」

◈ "Is she going to marry him?" "I **guess so**."
（＝I guess she is going to marry him.）
「她要嫁給他嗎？」「我想會吧。」

◈ "I'm afraid his circumstances are very bad indeed."
"Ah, I **heard so**."
（＝I heard that his circumstances are very bad indeed.）
「他的情況恐怕真的很糟。」「啊，聽說是這樣沒錯。」

E. ask, inquire 等表示「詢問」的動詞，後面不可接 that 子句，只可接由 if, whether, when, where, why, how, what, who, whom, whose 引導的名詞子句。但 ask 表示「要求」、「請求」時，可接 that 子句。

◈ She only <u>asked</u> me **what** time it was.
她只問我現在幾點了。

◈ He <u>asked</u> her **where** she would go.
他問她要去哪裡。

◈ The doctor <u>inquired</u> **what** had happened.
醫生問發生了什麼事。

◈ I <u>asked</u> **that** I (should) be allowed to see her.
我請求准許我看她。

F. doubt 表示「懷疑」、「說不準」、「無把握」時，不可接 that 子句，只可接由 if, whether, when, where, why, how, what, who, whose, whom 等引導的名詞子句。但 doubt 在否定句和疑問句中如需接名詞子句，則接 that 子句。此外，doubt 表示「不信」、「恐怕……不可能」時，也需接 that 子句。

◈ I doubt **whether** he has money enough to buy the car.
我不敢肯定他是否有足夠的錢買這輛車。

◈ I question **whether** he could have arrived on time.
我懷疑他是否能及時趕到。

◈ I don't doubt **(that)** he's telling the truth.
我不懷疑他說的是實話。

◈ Do you doubt **(that)** he will succeed?
你懷疑他會成功嗎？

◈ I doubt **(that)** he meant it that way.
我懷疑他是那個意思。

G. but that, except that, save that, in that, notwithstanding that 等
片語皆可連接子句。but, except, save, notwithstanding 之後
的 that 常可省略。

◈ He would have helped us **but that** he was short of money
at the time.
要不是他那時候缺錢，他就會幫助我們了。

◈ I would have had a perfect score **except** I missed the last
question.
要不是我漏掉了最後一題，我就考滿分了。

◈ The account is correct **except that** the carriage is omitted.
除了運費未列出之外，帳目都對。

◈ I agree with you, **save that** you have got one or two facts
wrong.
你除了有一兩個論點錯誤，其他我都同意。

◇ He did well **save that** he failed in mathematics.
他除了數學不及格外，其他都考得很好。

◇ In our opinion, privatization is thought to be beneficial **in that** it promotes competition.
依我們看，民營化是有益的，因為能促進競爭。

◇ I like the city, but I like the country better **in that** I have more friends in the country.
我喜歡都市，但更愛鄉村，因為我鄉下朋友比較多。

◇ He went notwithstanding **(that)** he was ordered not to.
儘管命令他不要去，他還是去了。

（四）在「主詞＋動詞＋it＋受詞補語＋that 子句」的結構中，that 不可省略。that 引導的名詞子句作動詞的受詞時，不可直接後接補語。但可將受詞補語置於代替 that 子句的形式受詞 it 之後，這樣就構成了「主詞＋動詞＋it＋受詞補語＋that 子句」的結構。

◇ I feel it certain **that** they will divorce.
我認為他們一定會離婚。

◇ I find it strange **that** she left him soon after they got married.
我覺得很奇怪，他們才剛結婚不久，她就離開了他。

◇ We all think it a pity **that** she didn't show up at the party.
她沒出席派對，我們都覺得很遺憾。

◇ Do you regard it as necessary **that** I should come too?
你認為我也應該去嗎？

◇ I think it best **that** you should leave here.
我認為你最好離開這裡。

（五）that 引導的名詞子句可作主詞補語。在非正式用法中 that
　　　常可省略。

◈ The fact is **(that)** he didn't go to school yesterday.
事實是他昨天沒去上學。

◈ His only fault is **(that)** he lacks ambition.
他唯一的缺點就是沒有野心。

◈ Their first idea was **(that)** he had hidden the money.
他們最初的看法是他藏匿了那筆錢。

◈ The trouble is **(that)** we are short of money.
問題在於我們缺錢。

◈ The problem is **(that)** I have no time to help her.
問題是我沒有時間幫助她。

◈ The reason was **(that)** he was afraid.
原因是他害怕。

◈ All I can tell you is **(that)** he gives me the creeps every
time I pass him.
我所能告訴你的是，每當我從他身旁走過時，他總是令我毛骨悚
然。

（六）that 引導的名詞子句可作同位語。在口語中，有時 that 可
　　　省略。

◈ This fact is clear proof **that** his intentions were dishonest.
這件事實就是他存心欺騙的證明。

◈ The idea **that** everyone should be required to vote by law
is something I don't agree with.
人人依法都必須投票的主張是我不能贊同的。

◈ I have an idea **that** she likes him better than anyone else.
我覺得她最喜歡他。

◈ No one can deny the fact **that** some high officials are corrupt.
沒人能否認有些高官貪汙的事實。

◈ The news **that** our team had won calls for a celebration.
我們隊獲勝的消息需要慶祝一下。

◈ It was certainly your fault **that** you didn't pay the bill.
你沒付帳當然是你的錯。

◈ I made the suggestion **that** the pagoda (should) be restored.
我建議修復那座塔。

◈ He came to the decision **that** he must act at once.
他作出決定必須立即行動。

◈ He has the notion **that** I'm cheating him.
他認為我在欺騙他。

◈ I'll give it to you on the condition **(that)** you don't break it.
我會把它給你，前提是你不能弄壞它。

◈ He grabbed his suitcase and gave the impression **(that)** he was boarding the Tokyo plane.
他拿起了手提箱，給人的印象是他要登上去東京的飛機。

### 4.1.1.2 lest 的用法

　　lest 引導名詞子句時通常只位於 fear, tremble, be afraid/worried, danger, terror 等表示害怕、憂慮的字詞之後，表示憂慮或害怕的原因，相當於 that，只用在文學作品等正式用法中，遠不如 that 常用。

## 4.1.2 whether, if 的用法

　　whether 和 if 皆可表示「是否」，whether 可與 or not 連用，在非正式場合有時 if 也可和 or not 連用。whether 和 if 引導的名詞子句或名詞片語用於下列場合：

（一）子句作主詞位於句首時，只可用 whether, whether... (or not)。當句首為虛主詞 it 時，在口語中 if 也可和 whether 互換，和 or not 連用。

◈ **Whether** he can arrive on time is a question.
　 他能否準時到達是個問題。

◈ **Whether** we can start tomorrow depends on the weather.
　 我們明天能否動身取決於天氣。

◈ **Whether** it is a good plan or not is a matter for argument.
　 此計畫是好是壞有待商榷。

◈ It's doubtful **whether** there'll be any seats left.
　 還有沒有空位令人懷疑。

◈ It is still uncertain **whether/if** he's coming or not.
　 他會不會來還不確定。

（二）子句作主詞補語時，宜用 whether，雖然在非正式用法中也可用 if 代替，但在考試中只可用 whether。

◈ The question is **whether** he is fit to travel.
　 問題是他是否適合旅行。

◈ The problem is **whether** he really likes to work here.
　 問題是他是否真的喜歡在這裡工作。

◈ The point is **whether on his merits we ought to recommend him**.
重點在於我們是否應該因他的優點而推薦他。

（三）子句作同位語時，只可用 whether, whether... (or not)。

◈ The question **whether we should dismiss the accountant will be discussed** soon.
關於我們是否應該解聘會計的這個問題，不久將會提出討論。

（四）子句作動詞的受詞時，在正式場合和書面語中通常用 whether，在口語中也可用 if。和 or not 連用時，多用 whether，但有時也可用 if。須注意 whether 可緊連 or not 形成 whether or not，if 則不可以。

◈ I wonder **whether/if you can finish your homework before 9 o'clock**.
我不知道你是否能夠在九點前寫完作業。

◈ I don't know **whether/if she will consent**.
我不知道她是否會答應。

◈ I asked her **whether/if she would come with me**.
我問她是否要和我一起去。

◈ They didn't say **whether it will rain or be sunny**.
他們沒有說會下雨還是晴天。

◈ He couldn't tell **whether/if she was laughing or crying**.
他弄不清她是哭還是笑。

◈ I'll be happy **whether/if I get the job or not**.
無論有沒有得到那份工作，我都高興。

◈ I'll be happy **whether or not I get the job**.
無論有沒有得到那份工作，我都高興。

（五）子句作介詞的受詞時，只可用 whether。

◈ My departure will depend <u>upon</u> **whether I get leave or not**.
能不能動身出發得依我能否請假而定。

◈ I worried <u>about</u> **whether I hurt her feelings**.
我擔心會不會傷了她的心。

◈ She had her doubts <u>as to</u> **whether he would come**.
她無法確定他是否會來。

（六）「whether＋不定詞」構成名詞片語，相當於 whether 引導的名詞子句，在此場合下，不可用 if 代替 whether。

◈ I don't know **whether to accept or refuse**.
我不知道該接受還是拒絕。

◈ He cannot decide **whether to go or not**.
他不能決定要不要去。

◈ It is hard to tell **whether to go or stay**.
去或留很難說。

◈ The question is **whether to go to Munich or Vienna**.
問題是去慕尼黑還是維也納。

## 4.1.3 who, whose, whom, what, which 作從屬連接詞的用法

疑問代名詞和疑問形容詞 who, whose, whom, what, which 作從屬連接詞時，所引導的名詞子句不可以是疑問句的形式。

（一）引導的子句可在句中作主詞、主詞補語、同位語。

◈ It is not yet clear **who** was responsible for the accident.
   誰應對此事故負責，還不清楚。

◈ **What** he wrote that evening is still unknown.
   那天晚上他寫了什麼還不知道。

◈ The problem is **who** will go first.
   問題是誰先去。

◈ It doesn't matter **what he does**.
   他做什麼都沒關係。

◈ The problem is **what he said**, **not how** he said it.
   問題是他說了什麼，而不是他怎麼說的。

◈ He was not **who** he was thought to be.
   他不是人們認為的那種人。

◈ Now we come to the main problem, **what** the cause of the disturbance is and **who** the proper person would be to remove it.
   現在我們來討論主要問題：混亂的原因是什麼，以及誰是平亂最適當的人選。

（二）引導的子句可作動詞或介詞的受詞。

◈ Do you know **who** will come soon?
   你知道誰快來了嗎？

◈ The policeman asked me **whose** the car was.
   員警問我這車是誰的。

◈ I don't know **what** you mean.
   我不知道你是什麼意思。

◈ You <u>can select</u> **which** <u>you like most</u>.
你可以選擇你最喜歡的。

◈ She demanded <u>to know</u> **whose** <u>the child was</u>.
她要求知道這孩子是誰的。

◈ I'm <u>wondering</u> to **whom** <u>this black dog belongs</u>.
我不知道這隻黑狗的主人是誰。

◈ I haven't made up my mind <u>about</u> **who** <u>should be asked to speak first</u>.
我還未拿定主意讓誰先發言。

（三）可和不定詞一起構成名詞片語。

◈ I really don't know **what** <u>to do next</u>.
我實在不知道下一步該做什麼。

◈ I have no idea **which** <u>to choose</u>.
我不知道該選哪一個。

◈ We haven't decided **whom** <u>to invite</u>?
我們尚未決定邀請誰。

◈ **Who** <u>to ask advice from</u> is still a question.
向誰徵詢意見還是個問題。

## 4.1.4 when, where, why, how 作從屬連接詞的用法

連接副詞 when, where, why, how 作從屬連接詞時，所引導的名詞子句不可以是疑問句的形式。

（一）when, where, why, how 所引導的子句可作主詞。

◈ **When** <u>you will leave</u> is very important.
你何時離開是很重要的。

◈ **It** is no business of yours **where I go for a walk**.
我去哪裡散步不關你的事。

◈ **Why he did it** will remain a puzzle forever.
他為什麼做此事將永遠是個謎。

◈ **How he succeeded** is a long story.
他是怎麼成功的,一言難盡。

(二) when, where, why, how 所引導的子句可作主詞補語和同位
語。

◈ My question is **when you will begin your work**.
我的疑問是你何時開始工作。

◈ This is **where our basic interest lies**.
這是我們的根本利益所在。

◈ That is **why she left him**.
那就是為什麼她離開了他。

◈ The question is **how to find an effective way to store the sun's heat**.
問題是如何才能找到一種貯存太陽熱能的有效方法。

◈ It's difficult for me to answer the question **how he escaped**.
我很難回答他是怎麼逃走的。

(三) when, where, why, how 所引導的子句在句中可作動詞或介
詞的受詞。

◈ He asked me **when I would go to America**.
他問我何時去美國。

◈ Who knows **where** Tom has gone?
誰知道湯姆去哪裡了？

◈ I don't know **why** she resigned.
我不知道她為什麼辭職。

◈ I wonder **how** much he earns.
我不知道他賺多少錢。

◈ I have no idea **when** they are going to get married.
我不知道他們什麼時候要結婚。

◈ I can't see her from **where** I'm standing.
我站的地方看不到她。

◈ The discussion centers on **how** we can control inflation.
這次討論著重於我們可以如何控制通貨膨脹。

◈ I have no idea at all **why** they divorced.
我根本不知道他們為什麼離婚。

（四）when, where, how 可和不定詞一起構成名詞片語。

◈ We haven't decided **where** to go for our holidays.
我們還沒有決定去哪裡度假。

◈ I've told her **how** to find me.
我已經告訴她要怎麼找我。

## 4.1.5 what, whatever, whoever, whomever, whichever 等 用以引導名詞子句

複合關係代名詞 what, whatever, whoever, whomever, whosever, whichever 作從屬連接詞引導的名詞子句，在句中可作主詞、受詞，有的還可作主詞補語。

（一）可作主詞。

◈ **What** she said is true.
她所說的是真的。

◈ **What** is over is over.
過去的事就過去了。

◈ **Whoever** told you that was lying.
對你說那種話的不論是誰，都是在說謊。

◈ **Whomever/Whoever** you invite will be welcome.
無論你邀請誰都歡迎。

◈ **Whosever** are left here will be confiscated.
留在這裡的東西，不論是誰的都要充公。

◈ **Whichever** of you comes first will receive a prize.
你們之中第一個來的人，就能得獎。

（二）可作受詞。

◈ Give her **what** she wants.
把她要的東西給她。

◈ I like to eat **whatever** she cooks.
她做什麼我都喜歡吃。

◈ Tell **whoever/whomever** you like.
你想告訴誰都可以。

◈ All the books are mine. You can take **whichever** you need.
所有的書都是我的，你需要哪一本就拿去吧。

◈ I'll give the watch to **whoever** wants it.
誰要這手錶，我就給誰。

◈ Our hometown is much different from **what** it was five years ago.
我們的故鄉和五年前大不一樣了。

◈ She was not happy at **what** he had said.
她對他說過的話感到不高興。

◈ I'm satisfied with **whatever** she has done.
我對她所做的任何事情都感到滿意。

◈ He gave me a description of **what** he had seen.
他對我描述他看到的情況。

（三）what 引導的子句可作主詞補語。

◈ The important thing is **what** a man does, not **what** he says.
重要的是一個人的作為，而不是他的言詞。

◈ This is just **what** I need.
這正是我所需要的。

## 4.2 引導形容詞子句的從屬連接詞

關係代名詞或關係副詞可以作從屬連接詞，引導形容詞子句。

### 4.2.1 引導形容詞子句的關係代名詞作從屬連接詞用

引導形容詞子句的關係代名詞有 that, which, who, whom, whose 和準關係代名詞 as, but, than。

#### 4.2.1.1 關係代名詞 that, which, who, whom, whose 作從屬連接詞的用法

（一）who, which, that 皆可在形容詞子句中作主詞，who 指人，which 指動物或事物，that 則都可以，一般情況下作主詞時不可省略。

◈ Do you know the people **who/that** live in this house?
你認識住在這間房子裡的人嗎？

◈ The dog **which/that** was lost has been found.
走失的那隻狗已經找到了。

◈ He was reading a book **which/that** was written by Mark Twain.
他在讀一本馬克吐溫寫的書。

（二）whom, which, that 皆可在形容詞子句中作動詞或介詞的受詞，常可省略。whom 指人，which 指動物或事物，that 兩者皆可。介詞後面不可接 that。

◈ The girl **(whom/who/that)** we saw yesterday is called Marina.
昨天我們看見的女孩叫做瑪麗娜。

◈ Those are the conditions **(which/that)** we have to ask you to accept.
那些就是我們必須要求你接受的條件。

◈ This is the dictionary **(which/that)** she wanted.
這就是她要的那本字典。

◈ The person to **whom** this letter was addressed died three years ago.
這封信的收件人三年前去世了。

◈ The chair on **which** you are sitting is an antique.
你正在坐的椅子是古董。

（三）在形容詞子句中作修飾語，表示「所有」關係時，指人
　　　用 whose，指物用 whose 或 of which。

◈ The young man **whose** father is a four-star general was arrested the day before yesterday.
父親是四星上將的那個年輕人前天被捕。

◈ The mountain **whose** top is covered with snow is called Mount Fuji.
＝The mountain of **which** the top is covered with snow is called Mount Fuji.
＝The mountain the top of **which** is covered with snow is called Mount Fuji.
白雪覆頂的那座山叫做富士山。

（四）在非限定的關係子句中，關係代名詞須用 who, whom, whose,
　　　which，一般不可用 that，而且皆不可省略。

◈ She was very fond of speaking French, **which** indeed she spoke well.
她非常喜歡說法語，而且她的確說得很好。

◈ Mary, **who** we were talking about earlier, has just walked in.
我們剛才還說到瑪麗，她剛剛走就進來了。

◈ Here is Helen, **who/whom** I mentioned to you last Saturday.
這位是海倫，我上星期六有跟你提過她。

（五）在非限制的形容詞子句中，先行詞有可能是片語或子
　　　句。這時只可用關係代名詞 which。

◈ He tried <u>to jump over the wall</u>, **which** he found impossible.
他試圖跳過那道牆,結果發現不可能。

◈ <u>It rained heavily</u>, **which** prevented my going out.
雨下得很大,我出不了門。

(六)在限定的關係子句中,關係代名詞作主詞補語時,可用 that 或 which 指事物或人的職業、性格、人品、素質、地位等特徵,並可省略,但不可用 who 代替。實際上較常用 that,而 that 也常可省略。

◈ Mrs. Acheson is <u>quite different from the woman **that/which** I thought her to be</u>.
艾奇森夫人和我想像中大相逕庭。

◈ She has changed a lot. She's not <u>the girl **(that)** she was</u>.
她變了很多,不是原來那個女孩了。

◈ She is not <u>the brilliant dancer **(that/which)** she used to be</u>.
她不是過去那個出色的舞蹈家了。

◈ Our native village is no longer <u>the remote and backward place **(that)** it used to be</u>.
我們的故鄉不再是過去那樣偏僻落後的地方了。

(七)在非限定的關係子句中,關係代名詞作主詞補語時,只可用 which 指事物或指人的職業、性格、人品、素質、地位等特徵。which 不可省略。

◈ He is <u>clever, diligent and sensible</u>, **which** <u>his wife is not</u>.
他聰明、勤奮且通情達理,而他的妻子卻不是那樣。

◈ He talked like <u>a scholar</u>, **which** <u>he really was</u>.
他說起話來像個學者,而他也真的是學者。

◈ She wants <u>low-calorie food</u>, **which** <u>this vegetable curry certainly is</u>.
她想要吃低熱量的食物，這道蔬菜咖哩肯定就是。

（八）如有兩個或兩個以上的先行詞分別表示人和事物時，關係代名詞通常用 that。

◈ He cares about <u>anybody and anything</u> **that** <u>is connected with his work</u>.
他關心與他工作有關的任何人事物。

（九）在限制的形容詞子句中，當先行詞被形容詞最高級、序數，及 next, only, same, very 等修飾時，關係代名詞作主詞或受詞時，通常用 that，that 常可省略。

◈ They eat <u>the finest food</u> **that** <u>is available</u>.
他們吃能買到的最好的食品。

◈ He is always <u>the first person</u> **that** <u>speaks at meetings</u>.
他總是會議上第一個發言的人。

◈ <u>The next suspect</u> **that** <u>will be tried</u> is the former Minister of Defence.
下一個受審的嫌疑犯是前任國防部長。

◈ He is <u>the only person</u> **that** <u>has ever been there</u>.
他是唯一到過那裡的人。

◈ This is <u>the same man</u> **that** <u>came yesterday</u>.
這位就是昨天來過的那名男子。

◈ He is <u>the very director</u> **that** <u>wants to see you</u>.
他正是要見你的那位導演。

◈ She is <u>the prettiest girl</u> **(that)** <u>I've worked with</u>.
她是我共事過最漂亮的女孩。

◈ This is <u>the same story **(that)** I heard ten years ago</u>.
這個故事跟我十年前聽到的那個一樣。

◈ I lost seven bikes. This morning I happened to find <u>the first one and the last one</u> **(that)** <u>I lost</u>.
我丟了七台腳踏車。今天早上碰巧找到了我弄丟的第一台和最後一台。

（十）當先行詞是用以代替或修飾事物的 much, little, none, all, every, any, no, anything, everything, nothing, something 等時，多用 that 作關係子句的主詞或受詞。

◈ <u>All **that** I have</u> is yours.
我所有的一切都是你的。

◈ There's still <u>much **that** can be done</u>.
還有很多事可以做。

◈ Is there <u>anything **(that)** I can do for you</u>?
有什麼是我可以替你做的嗎？

（十一）當關係代名詞須用一個片語或子句與動詞隔開時，多用 which 或 who，不用 that。

◈ Property was the first thing **which**, <u>on the death of their father</u>, <u>interested the sons</u>.
那位父親去世時，他的兒子們最先感興趣的是財產。

（十二）主要子句中有疑問代名詞 who, what, which 時，關係代名詞應用 that，以避免和 who, which 或 what 重複。

◈ <u>Who</u> is the woman **that** <u>is talking with the headmaster</u>?
正在和校長講話的那位女士是誰？

◈ <u>Which</u> is the house **(that)** <u>was sold this morning</u>?
哪一棟房子是今天早上賣掉的那一棟？

（十三）如先行詞中有指示代名詞或指示形容詞時，一般用關
係代名詞 who 或 which。但 those 之後也可用 that。

◈ This car **which** he sold today is quite cheap.
他今天賣掉的這輛車相當便宜。

◈ Those **who** expect the worst are less likely to be disappointed.
做最壞打算的人比較不會失望。

◈ Those things **which** you don't know, you'd better not pretend to know.
你不懂的事，最好別裝懂。

◈ Do you know that pianist **who** performed last Monday?
你認識上星期一演奏的那位鋼琴家嗎？

◈ A more modern method of horticulture has replaced those **that** were prevalent at the time of the college's foundation.
一種更加現代的園藝技術已取代了此學院創立時流行的那一種。

## 4.2.1.2 準關係代名詞 as 作從屬連接詞的用法

準關係代名詞 as 在引導非限制的關係子句時，在關係子句中可作受詞、主詞或主詞補語。

◈ Cyprus, **as** you all know, is in the Mediterranean.
塞普勒斯島，如大家所知，位於地中海。

◈ She is extremely popular among students, **as** is common knowledge.
她在學生中極受歡迎這件事，已成共識。

◈ She looks like a movie star, **as** (＝**which**) she is.
她看起來像電影明星，而她真的就是電影明星。

## 4.2.2 引導形容詞子句的關係副詞作從屬連接詞

從屬連接詞引導形容詞子句的關係副詞主要有 when, where, why，分別修飾表示時間、地點、原因或方式的名詞。that 只有限定用法，可代替 when 或 why 引導形容詞子句。在形容詞子句中，關係副詞相當於「介詞＋which」，其先行詞只可以是特定的普通名詞。

（一）when 引導形容詞子句時，相當於 at which, in which, on which 或 during which 等，其先行詞須為表示時間的普通名詞，如 time, hour, day, week, month 或 year 等。在此情況之下，that 可代替 when。

◈ I still remember <u>the time</u> **when/that/at which** I first met her.
我仍然記得第一次見到她的那個時候。

◈ I got to know her on <u>a day</u> **when/that/on which** it rained cats and dogs.
我是在下傾盆大雨的那一天認識她的。

◈ That is <u>the year</u> **when/that/in which** you were born.
那是你出生的那一年。

◈ This is <u>the hour</u> **when/that/during which** this place is always full of <u>women and children</u>.
這個地方在這個時候總是擠滿婦女和兒童。

（二）where 作限定用法時，相當於 at which, in which, to which，其先行詞一般須為 place, city, town, house, street, spot 等普通名詞，有時可有引申意義，其先行詞可以是

stage, case, point, position, situation 等表示較抽象位置的名詞。先行詞為 place 時，可用 that 代替 where，在此情況之下，that 或 where 皆可省略。

◈ This is <u>the place</u> **(where/that/in which)** <u>the accident happened</u>.
這就是事故發生的地點。

◈ We visited <u>the house/room</u> **where/in which** <u>Shakespeare had lived</u>.
我們參觀了莎士比亞住過的房子（房間）。

◈ This is <u>the street</u> **where/on which** <u>I lived ten years ago</u>.
這就是我十年前住過的那條街。

◈ It is <u>the exact spot</u> **where/on which** <u>Hitler committed suicide</u>.
那就是希特勒自殺的確切地點。

◈ We're in <u>a position</u> **where/at which** <u>we may lose a large sum of money</u>.
我們處於也許要損失一大筆錢的處境。

◈ There are cases **where/in which** <u>regulations alone will not work</u>.
在一些情況下，單靠規定是行不通的。

（三）why 只有限定用法，相當於 for which，其先行詞只有 reason。why 常可省略。that 可代替 why，同時也可以省略。

◈ I know <u>the reason</u> **(why/that)** <u>he said so</u>.
我知道他那麼說的原因。

◈ <u>The reason</u> **(that/why/for which)** <u>Hollywood is an ideal place for making movies</u> is that the sun shines there every day.
好萊塢之所以是拍攝電影的理想場所，是因為那裡天天陽光普照。

（四）先行詞為 the way 時，that 作關係副詞用，相當於 in which 並可省略。在現代英文中，how 不可作關係副詞，the way 之後不可接 how。

◈ I don't like <u>the way</u> **(that/in which)** <u>he eyes girls</u>.
我不喜歡他看女孩子的方式。

◈ He doesn't speak <u>the way</u> **(that)** <u>I do</u>.
他不像我那樣說話。

注：關係副詞 when 和 where 還可引導有補述用法的子句，這時關係副詞引導的子句實際上是對等子句而不是形容詞子句，主要用於對主要子句中的不足之處加以補充。在 when 或 where 的前面都要加逗點與主要子句分開，when 相當於 and then，where 相當於 and there。when 和 where 之前的先行詞既可以是普通名詞，也可以是專有名詞。

◈ Tom got married <u>the day before yesterday</u>, **when** <u>it was his birthday too</u>.
湯姆前天結婚了，那天也是他的生日。

◈ Last Friday I went to <u>Hyde Park</u>, **where** <u>I saw Mr. Green making a speech</u>.
上星期五我去了海德公園，在那裡看格林先生在演講。

# 4.3 引導副詞子句的從屬連接詞

## 4.3.1 表時間的從屬連接詞

　　表時間的從屬連接詞（subordinators denoting time）有 when, while, as; whenever, each time, every time, any time, as often as, as frequently as, by the time (that), after, before, since, till, until, as/so soon as, barely/hardly/scarcely... when, no sooner... than, directly, once, immediately, instantly, the moment, the instant, the minute, the second 等。

### 4.3.1.1 用以表示主要子句和副詞子句的動作同時發生的連接詞

（一）when, while, as 皆可表示「當……時」，但用法須特別注意。

　　A. 當時間副詞子句的動作正在進行，主要子句的動作發生時，用 while, as 或 when 皆可。

◈ **While/As/When** we <u>were having</u> a dancing party, the lights <u>went</u> out.
當我們舉行舞會的時候，燈熄滅了。

◈ I <u>saw</u> him **as/when/while** he <u>was talking</u> with a friend.
他和一個朋友說話時，看到了他。

◈ **While/As/When** he <u>was speaking</u>, we <u>felt</u> a big earthquake.
他在講話的時候，我們感覺到大地震。

B. 當主要子句的動作正在進行，時間副詞子句的動詞為非持
續性的動作時，用 when 或 as，不可用 while。

◈ It <u>was raining</u> **when** I <u>arrived</u>.
我到的時候正在下雨。

◈ The sun <u>was sinking</u> **as** we <u>returned</u> home.
我們回家的時候，正值日落。

C. 當主要子句和時間副詞子句的動作都是進行式，只可用
while。

◈ **While** Mr. Smith <u>was doing</u> his writing, his wife <u>was
cooking</u>.
史密斯先生寫作的時候，他的妻子在做飯。

◈ **While** I <u>was sweeping</u> the floor, she <u>was cleaning</u> the
windows.
我掃地的時候，她在擦窗戶。

D. 當主要子句和時間副詞子句的動詞是 build, burn, clean,
cook, dance, eat, learn, listen, live, play, rain, read, sing, snow,
speak, study, swim, talk, teach, wait, walk, work, write 和
be, keep, stay 等表示持續的動作或狀態的動詞時，多用
while，也可用 as。

◈ You <u>are</u> safe **while** I <u>am</u> here.
（只要）我在這裡，你就會平安無事。

◈ Please <u>write</u> **while** I <u>dictate</u>.
我口述時請寫下來。

❖ She <u>listened</u> carefully **while** he <u>read</u>.
他朗讀的時候，她認真聆聽。

❖ <u>Strike</u> **while** the iron <u>is</u> hot.
打鐵趁熱。

❖ You <u>carry</u> on with the work **while** I <u>have</u> a rest.
我休息的時候，你繼續做這工作。

❖ The lark <u>sings</u> merrily **as** it <u>flies</u> high.
雲雀高飛時唱得很快樂。

❖ **As** she <u>sang</u>, the tears <u>ran</u> down her cheeks.
她唱歌的時候，淚水滑落臉頰。

❖ All the jury's eyes <u>were</u> on him **as** he <u>continued</u>.
他繼續講的時候，陪審團成員都看著他。

❖ **As** the earth <u>travels</u> around the sun, it <u>turns</u> around on its own axis.
地球繞著太陽轉的同時也自轉。

E. 當時間副詞子句中的非持續性的動作發生之後，主要子句的動作或狀態隨後發生或出現時，用 when 或 as。

❖ He <u>turned</u> pale **when** he <u>saw</u> me.
他看見我的時候，臉色變得蒼白。

❖ **When** the orator <u>ended</u> his speech, the audience warmly <u>applauded</u> him.
這位演說家結束演說時，聽眾熱烈為他鼓掌。

❖ He <u>rose</u> **as** she <u>entered</u>.
她一進來，他就站起來了。

◈ Scott <u>became</u> nervous **as** he **saw** her face.
史考特一看到她的臉就變緊張。

F. 當動詞是簡單式，時間副詞子句中的動作發生之際，主要子句的動作也發生時，用 as。

◈ **As** he <u>slept</u> he <u>dreamed</u> a dream.
他睡覺的時候做了個夢。

◈ **As** the winter <u>approached</u> Gerhardt <u>began</u> to feel desperate.
當冬天將近的時候，格哈特開始覺得絕望。

◈ Another policeman<u>'s been killed</u> and several others <u>injured</u> **as** fighting <u>continued</u> this morning.
今天早上對峙繼續進行的時候，另一個警察被殺死，其他幾個人受了傷。

◈ **As** I <u>drove</u> on a country road, I <u>saw</u> a small bar on the roadside.
當我開車行經一條鄉間小路的時候，我看到路邊有個小酒吧。

G. 當時間副詞子句中發生了非持續性的動作，主要子句的動作也同時發生時，用 when 或 as。

◈ **When** he <u>got</u> up he <u>felt</u> dizzy.
他起床時覺得頭暈。

◈ **When** he <u>comes</u>, <u>tell</u> him to wait.
他來的時候，讓他等一等。

❖ He <u>stood</u> solemnly by **as** they <u>went</u> out of the door.
當他們走出門時，他嚴肅地站在一旁。

❖ "I'll come get you at nine," he <u>said</u> **as** he <u>left</u> her.
「我九點鐘來接你，」他離開她的時候說。

❖ He <u>dropped</u> the glass **as** he <u>stood</u> up.
他站起來的時候把玻璃杯弄掉了。

❖ <u>Pay</u> **as** you <u>enter</u>.
進入時付款。

H. 當時間副詞子句中發生了非持續性的動作發生，主要子句的動作已完成時，用 when。

❖ **When** he <u>came</u> here, I <u>had</u> already <u>left</u>.
他來這裡時，我已經離開了。

❖ **When** the fire brigade <u>arrived</u>, the fire <u>had</u> almost <u>been</u> <u>extinguished</u>.
消防隊到達的時候，火幾乎都滅了。

❖ **When** he <u>looked</u> back, the woman <u>had vanished</u>.
他回頭看的時候，那名女子已經不見了。

I. 當時間副詞子句中動詞表示持續一段時間的狀態時，用 when, while, as 皆可。

❖ **When/While/As** (I <u>was</u>) a child, I often <u>went</u> swimming on weekends.
我小時候常常週末去游泳。

◈ **When/While/As** we <u>were</u> at college, we <u>would sit</u> in the library reading after supper.
我們上大學的時候，常常在晚飯後坐在圖書館裡看書。

◈ **When/While/As** (he <u>was</u>) yet a pupil, he **was** fond of drawing.
當他還是學生的時候，他就喜歡繪畫。

J. 表示「邊做……，邊做……」時，需用 as。

◈ She <u>sang</u> **as** she <u>worked</u>.
她一面工作，一面唱歌。

◈ Peter often <u>watches</u> TV **as** he <u>does</u> his homework.
彼得常常一邊做作業，一邊看電視。

◈ They <u>talked</u> and <u>laughed</u> **as** they <u>walked</u> home.
他們一邊走路回家，一邊又說又笑。

（二）the time, the day, the night, the month, the year, the first time, the next time, the last time 可和關係副詞 that 一起構成片語連接詞，而 that 常被省略。這些詞引導的副詞子句也可用以表示主要子句動作發生的時間。

◈ **The day** he left for Paris, his wife suddenly went mad.
他去巴黎的那天，他的妻子突然抓狂了。

◈ A thief broke into her house **the night** it rained cats and dogs.
下傾盆大雨的那天晚上，一個竊賊闖入了她家。

◈ He spent more than 90,000 pounds **the month** he was traveling in Europe.
他在歐洲旅行的那一個月花了九萬多英鎊。

◈ **The year** we got married, you were only eleven.
我們結婚那年你才十一歲。

◈ **The first time** I met her, she was still a little girl.
我第一次見到她時，她還是個小女孩。

◈ **Next time** you come, I'll give you a precious gift.
下次你來時，我將送你一個貴重的禮物。

◈ **Last time** I met him, he said he had just come back from abroad.
上次我見到他時，他說他剛從國外回來。

## 4.3.1.2 用以表示主要子句的動作比副詞子句的動作晚發生的連接詞

after, when, since 皆可表示「在……之後」。當主要子句的動作比時間副詞子句中動作晚發生時，用 after 或 when 連接。有時 since 也可表示「在……之後」。

◈ **After/When** Jack (had) finished his homework, he turned on the TV.
傑克做完作業後打開了電視。

◈ He went back to his old job **after/when** the war ended.
戰爭結束之後，他重操舊業。

◈ **After/When** he graduated from Harvard, he became a lawyer.
他哈佛大學畢業之後當了律師。

◈ **After/When** he found out his mistake, he was very sorry.
他發現自己的錯誤後，非常歉疚。

◈ I'll invite him to dinner **after/when** he comes back.
他回來之後，我要請他吃晚飯。

◈ They all left **when** the bell rang.
鈴響後他們都離開了。

◈ I will tell them **after/when** you have left.
你走了以後我會告訴他們。

◈ The building has been razed **since** I **visited** the city.
我參觀過那個城市之後，那個建築物就被拆毀了。

◈ Where have you been **since** I last saw you?
我上次見到你以後，你去哪裡了？

4.3.1.3 用以表示主要子句的動作隨著副詞子句的動作發生的連接詞

whenever, when, every time, each time, any time 等可分別表示「每當」、「任何時候」及「無論何時」。

（一）whenever, when, each time, every time, as often as 可指「每當」、「每逢」、「每次」、「每回」等，表示主要子句的動作往往隨著副詞子句的動作而發生。其中 every time, each time 是省略了 that 的片語連接詞。

◈ **Whenever** he finishes his homework, he begins to play video games.
每當他做完功課，他就開始打電動。

◈ The roof leaks **whenever** it rains.
每逢下雨，屋頂就會漏水。

◈ **When** I make up my mind to do something I do it immediately.
我下決心做某件事時，總是立刻去做。

◈ It <u>is</u> cold **when** it <u>snows</u>.
下雪時都很冷。

◈ **Each time** she <u>comes</u>, she <u>brings</u> a friend.
她每次來都會帶朋友。

◈ **Each time** we <u>adjusted</u> the temperature, the pressure also <u>changed</u>.
每次調節溫度時，壓力也會改變。

◈ **Every time** we <u>meet</u>, we <u>have</u> a lot to tell each other.
每次我們相聚，都有好多事要跟彼此說。

◈ **Every time** he <u>meets</u> me, he <u>tries</u> to borrow money from me.
每當他見到我，他就試圖向我借錢。

◈ **As often as** I <u>tried</u> to get an answer from him, he <u>made</u> some excuse and <u>avoided</u> giving me the information I wanted.
每當我想從他那裡得到答案時，他總是找藉口，避而不談我想要了解的情況。

◈ **As often as** I <u>was</u> in difficulty I <u>got</u> a lot of help from him.
每逢我有困難時，總是從他那裡得到很多幫助。

（三）whenever, when, any time, if, as often as 可表示「無論何時」、「任何時候」。其中的 any time 是省略了 that 的片語連接詞。

◈ <u>I'll see</u> him **whenever** he <u>likes</u> to come.
無論他什麼時候來，我都會見他。

◈ We <u>can start</u> **when** you <u>are</u> ready.
你準備好後，我們就可以動身。

◈ She <u>glares</u> at me **if** I <u>go</u> near her desk.
我一走近她的辦公桌，她就瞪我。

◈ You <u>may ask</u> him for help **as often as** you <u>have</u> need to.
無論你何時需要幫助，都可以求助於他。

◈ You **may drop** in (**at**) **any time** you <u>like</u>.
你想來的時候就來玩。

4.3.1.4 用以表示主要子句的動作比副詞子句的動作早發生的連接詞

before, long before, by the time 皆可引導主要子句的動作較早發生的時間副詞子句。

（一）before 可表示「在……以前」。

◈ <u>Look</u> **before** you <u>leap</u>.
三思而後行。

◈ Think <u>well</u> **before** you <u>decide</u>.
你在做決定前，要慎重考慮。

◈ He <u>arrived</u> **before** I <u>had expected</u>.
他到的比我預期的早。

◈ He <u>was</u> a professor **before** he <u>came</u> to our company.
他來我們的公司之前是位教授。

◈ He <u>had learned</u> French **before** he <u>settled</u> down in Paris.
他在巴黎定居之前學過法語。

（二）before 和否定式的主要子句連用時，可表示「……就……」，以強調主要子句所表示的時間、距離之短或花費的精力較小。

❖ It <u>was not long</u> **before** he <u>knew</u> it.
他不久後就知道了此事。

❖ It <u>will not be long</u> **before** she <u>comes</u> back.
她不久就會回來。

❖ I <u>hadn't waited long</u> **before** he <u>came</u>.
我沒有等多久他就來了。

❖ They <u>had not been married a week</u> **before** they <u>divorced</u>.
他們結婚還不到一個星期就離婚了。

❖ I <u>hadn't gone a mile</u> **before** I <u>felt</u> tired.
我走不到一哩路就累了。

（三）before 表示「時間」時，也可視上下文譯為「免得」、「別」、「不要」等。

❖ You'd better run away at once **before** <u>he changes his mind</u>.
在他還沒有改變主意之前，你最好立刻逃走。

❖ Do it **before** <u>you forget</u>.
趁早做，免得忘記。

❖ You'd better write down the address **before** <u>you forget it</u>.
你最好把地址記下來，免得忘記了。

❖ Catch him **before** <u>he escapes</u>.
抓住他，別讓他跑了。

（四）before 在表示時間時，還可視上下文譯為「還沒有」、「尚未」、「還沒來得及」、「不要」、「別」等。

❖ It was done **before** <u>he came</u>.
那件事在他還沒來的時候就已經做好了。

◈ She went back home **before** it began to rain.
她回家時還沒開始下雨。

◈ He died **before** the week was out. （＝He died before the week had ended.）
這星期還沒過完他就死了。

◈ He died **before** he had made his will.
他還來不及立遺囑就去世了。

◈ He was caught **before** he had time to run away.
他還來不及逃就被抓住了。

（五）long before 表示「在……很久以前」、「早就」。

◈ The Chinese were a highly civilized people **long before the Europeans were**.
早在歐洲人之前，中國人就是高度文明的民族了。

◈ We see a train approaching **long before we hear its sound**.
在聽到火車的聲音之前，我們早就看見它駛過來了。

◈ She was his fiancée **long before** you got to know her.
在你認識她之前，她早就是他的未婚妻了。

（五）by the time 是省略了 that 的片語連接詞，表示「到……時候」。

◈ **By the time (that)** this letter reaches you I'll have left the country.
你接到這封信時，我已離開這個國家了。

◈ **By the time** Edison died in 1931 he had about a thousand inventions to his credit.
愛迪生於1931年去世時，他已有大約一千項發明。

4.3.1.5 before, till, until 皆可引導表示主要子句的動作或狀態持續時間之結束的副詞子句。before, till, until 在肯定句中皆可表示「直到……」的意義，在否定句中皆可表示「直到……才」的意義，但 before 和 till, until 的用法有一定的區別。

（一）當主要子句為肯定句，在翻譯時通常把主要子句譯為「直到……」，而把 before 引導的時間副詞子句譯為「才……」。

◈ It will be a year **before** we meet again.
要過一年我們才能再見面。

◈ It was nearly ten thirty **before** we had breakfast.
我們直到十點半才吃早點。

◈ He had gone some distance **before** he missed his passport.
他走了很遠才發現他的護照弄丟了。

◈ He had to be called two or three times **before** he'd come to dinner.
通常要叫他兩三次他才會來吃晚飯。

◈ It was midnight **before** he came back.
他到半夜才回來。

◈ It will be a long time **before** we finish the grammar book.
我們需要很長的時間才能完成這本文法書。

（二）主要子句為肯定句時，until/till 引導的時間副詞子句表示
「到……時為止」、「一直到……」。

◈ He lived in California **until/till** he was thirty.
他在加州一直住到三十歲。

◈ I shall wait **until/till** she comes back.
我要等她回來。

◈ The letter is to be left in the post office **until/till** it is called for.
這封信放在郵局待領。

◈ We'll go on testing **until/till** we get the correct result.
我們將繼續試驗，直到取得正確的結果。

◈ The performance lasted **until/till** the actors were exhausted.
演出一直持續到演員們都精疲力盡。

◈ She massaged her leg **until/till** it stopped hurting.
她按摩她的腿直到不再疼痛為止。

（三）主要子句為否定句，和 before 引導的副詞子句連用時，
表示「直到……時候之後，才……」。

◈ I didn't fall asleep **before** she came back.
直到她回來之後，我才睡著。

◈ No one took a rest **before** they had made sure that their friends were safe.
直到確定朋友都已平安到達之後，他們才休息。

（四）主要子句為否定句，和 until/till 引導的副詞子句連用時，
　　表示「直到……時才」、「要到……才」、「在……以前
　　不」、「在……以前沒有」，放在句首時只可用 until。

◈ I didn't fall asleep **until/till** she came back.
　直到她回來我才睡著。

◈ I won't speak to him **until/till** he apologizes.
　在他道歉以前，我決不和他說話。

◈ Don't leave **until/till** I arrive.
　在我來以前不要離開。

◈ **Until** she spoke I hadn't realized she was a foreigner.
　直到她開口說話，我才知道她是外國人。

◈ **Until** he returns, nothing can be done.
　他不回來，什麼事也做不成。

## 4.3.1.6 用以表示主要子句發生在副詞子句的一瞬間動作之後的連接詞

　　as soon as, so soon as, once, directly, immediately, instantly, the moment, the instant, the minute, the second 皆可表示「一……就……」等，其中 so soon as 只可和否定句連用。

◈ I came **as soon as** I heard of his arrival.
　我一聽說他到了，就立刻趕來了。

◈ **Once** you understand this rule, you will have no further difficulties.
　一旦你懂這個規則，就不會再有困難了。

◈ I want to see her **the moment** she arrives.
　她一到我就想見她。

◈ **The minute** you <u>see</u> him coming, please <u>tell</u> me.
你一看到他來，請告訴我。

◈ **The instant** he <u>opened</u> the door he <u>saw</u> the thief.
他一打開門就看見小偷。

◈ He <u>fell</u> in love with her **the second** he <u>saw</u> her.
他一見到她就愛上了她。

### 4.3.1.7 用以表示主要子句發生在副詞子句的一瞬間動作之前的連接詞

barely/hardly/scarcely... when/before, no sooner... than, no sooner... but 皆可表示主要子句發生在副詞子句的一瞬間動作之前的對照情況，意指「剛……就……」。在美國，有時在口語裡可用 till 或 until 代替 scarcely 或 hardly... when 中的 when。

◈ **Barely** <u>had</u> I <u>said</u> my name before he <u>had led</u> me to the interview room.
我剛說出我的姓名，他就帶我去面談室了。

◈ **Hardly** <u>had</u> he <u>written</u> a letter **before** he sent it.
他一寫好信就把它寄出去了。

◈ **Scarcely** <u>was</u> she out of sight **before** he <u>wanted</u> to see her again.
一不見她，他就想再看到她。

◈ **Scarcely** <u>had</u> the car <u>drawn</u> to a halt **when/till/until** armed police <u>surrounded</u> it.
汽車剛停下來就被武裝員警包圍了。

◈ He <u>had</u> **no sooner** <u>fallen</u> asleep **but** the telephone <u>rang</u>.
他剛剛睡著，電話就響了。

◈ **No sooner** <u>had</u> we <u>got</u> into the train **than** it <u>started</u>.
我們剛上火車，它就開了。

## 4.3.1.8 用以表示主要子句動作開始時間的連接詞

　　這類連接詞只有 since 和 ever since，表示「自從」，所引導的時間副詞子句可有不同的時態。

（一）在表示迄今為止的一段時間時，主要子句多用完成（進行）式，副詞子句用簡單過去式。但主要子句用以表示一段時間時或某種狀態時，可用簡單現在式。

◈ I <u>have lived</u> in London **since** I <u>was</u> a child.
我從小就住在倫敦。

◈ I <u>have been looking</u> forward to meeting you <u>ever since</u> he **told** me.
自從他告訴我以來，我一直盼望見到你。

◈ She <u>has written</u> to me frequently **since** I <u>was</u> ill.
自從我生病以來，她時常寫信給我。

◈ It <u>is</u> three years **since** she <u>died</u>.
她去世三年了。

◈ It<u>'s</u> a long time **since** I <u>met</u> you last.
自從我上次見到你已過了很長一段時間。

◈ How long <u>is</u> it **since** you <u>were</u> in London?
你到倫敦多久了？

◈ My health <u>is</u> much improved **since** I <u>gave</u> up smoking.
自從戒菸以來，我的健康改善很多。

（二）表示過去某時之前的一段時間時，主要子句和副詞子句
的時態可以有以下四種情況:

A. 主要子句和副詞子句都用過去完成式。

◈ Two weeks <u>had passed</u> **since** Martin <u>had seen</u> him.
馬丁從見到他之後，已過了兩個星期。

B. 主要子句用過去完成式，副詞子句用簡單過去式。

◈ **Since** she <u>became</u> a member of our family, we <u>have been</u>
very happy.
自從她成了我們家的一員，我們一直很快樂。

C. 主要子句和副詞子句都用簡單過去式。

◈ **Since** he <u>moved</u> here he <u>has been</u> very lonely.
自從他搬到這裡以後，一直很孤獨。

## 4.3.2 表示地方的從屬連接詞

表示地方的從屬連接詞（subordinator denoting place）主要有
where 和 wherever。

（一）where 表示「在……地方」、「……的地方」。

◈ He will remain **where** he is now.
他將留在現在所在的地方。

◈ Go **where** you like.
去你想去的地方吧。

◈ I'll drive you to **wherever** you're going.
我將開車送你到你要去的地方。

◈ **Where** food is hard to find, few birds remain throughout the year.
在很難找到食物的地方沒有什麼鳥能長年棲息。

（二）wherever 表示「去或在……任何地方」、「各處」、「處處」。

◈ Sit **wherever** you like.
坐在任何你想坐的地方吧。

◈ I'll go **wherever** you want me to.
你要我去哪裡，我就去哪裡。

◈ Wherever she goes, there are crowds of people waiting to see her.
她所到之處都有一大群人等著看她。

## 4.3.3 表示目的的從屬連接詞（subordinator denoting purpose）

（一）意指「為了……」、「以便……」等表目的的連接詞或片語連接詞有 so that, in order that, that, for the purpose that, to the effect that 及 to the end that 等。其中的 that 較少使用；so that 中的 that 在口語中可省略。

◈ Speak slowly and clearly **so that** they may understand you.
說慢一點和清楚一點，以便他們能聽懂你的話。

◈ The policeman raised his hand **so that** the traffic would stop.
那名警察舉起手表示停止通行。

◈ I wanted her to take this job **so** she would be occupied.
我要她接受這份工作以便有事可做。

◈ He left early **in order that** he should arrive on time.
他提早離開以便準時到達。

◈ Come early **in order that** you may see him.
為了可以見到他，你早點來。

◈ We must keep ourselves healthy **that** we may study well and work well.
我們必須保持身體健康以便好好學習和工作。

◈ Bring it closer **that I may see it better**.
把它拿近一點，以便讓我看得清楚一點。

◈ The jury and witnesses were removed from the court **that they might not hear the arguments of the lawyers**.
陪審團和證人退出了法庭，以免聽到律師們的辯論。

◈ Please let me know your problem **for the purpose that I may help you work it out**.
請把你的問題告訴我，好讓我幫你解答。

◈ I gave him some money **for the purpose that** he might buy some necessary reference books.
我給了他一些錢，好讓他買一些必要的參考書。

◈ As a boy he had to go to work early **to the effect that** he might help out his parents.
他從小就得很早外出工作，以便能對父母有所幫助。

❖ He started early **to the effect that** he might get there by lunchtime.
他一早就動身，以便在午餐時間前趕到那裡。

❖ We criticize his mistakes **to the end that** they may not be repeated.
我們批評他的錯誤，以免他再犯。

❖ He is saving money **to the end that** he may set up in business.
他正在存錢，以供創業之用。

（二）表示「以防……」、「以免……」、「唯恐」等目的的連接詞或片語連接詞有 in case (that), for fear (that), lest 等。

❖ Take the money **in case** you need it.
把錢拿著，以備不時之需。

❖ You'd better write down her address **for fear (that)** you may forget it.
你最好把她的地址寫下來，以免忘記。

❖ I'm telling you this **for fear (that)** you may make a mistake.
我告訴你這件事，以免你犯錯。

❖ You'd better take your umbrella **lest** it (should) rain.
你最好帶雨傘，以防下雨。

❖ He always locks up his money **lest** it (should) be stolen.
他總是把他的錢鎖好，唯恐遭竊。

## 4.3.4 表示條件的從屬連接詞（subordinator denoting condition）

表示條件的從屬連接詞有 if, in case (that), in the event (that), if only, when, where, only (that), unless, but that, only if, providing/provided that, assuming (that), supposing (that), on the supposition that, on/upon condition (that), on/with the understanding (that), with the provision that, so/as long as, so that, according as 等。表示條件的從屬連接詞所引導的副詞子句中，一般不可用未來式。

（一）if 表示「如果」、「倘若」、「要是」等意義，可用於真實條件子句，也可用於假設條件子句。in case (that), in the event (that), according as, when 及 where 等，也可表示「如果」、「假如」。if only 表示「但願」、「真希望」、「若是……該有多好」，用於假設條件子句。

◈ **If** it <u>stops</u> raining tomorrow, we will go on an outing.
如果明天不下雨，我們就去郊遊。

◈ What will happen **if** they <u>can't reach</u> an agreement?
如果他們不能達成協定，會發生什麼情況？

◈ **If** you <u>worked</u> more carefully, you would not make so many mistakes.
如果你更小心工作，就不會出這麼多的錯。

◈ **If** she <u>had taken</u> my advice, she might not have missed the chance.
如果她當時接受了我的勸告，她就不會失去這個機會。

◈ **If** it <u>were</u> to rain tomorrow, the match would be postponed.
如果明天下雨，比賽就得延期。

◈ Let me know **in case** you <u>are</u> not <u>coming</u>.
萬一你不來，請通知我。

◈ **In case** she <u>arrives</u> before I come back, please ask her to wait.
如果她在我回來以前到，請她等一等。

◈ **In the event (that)** our team <u>wins</u>, there will be a celebration.
如果我們隊贏了，將舉行慶祝會。

◈ **In the event that** it <u>rains</u>, the match will be held indoors.
要是下雨，比賽將在室內舉行。

◈ **According as** I <u>have</u> time tomorrow, I'll go on an outing with you.
如果我明天有時間，將會和你們一起去郊遊。

◈ Don't refer to the key **when** you <u>can work</u> out the problems by yourself.
如果你能自己解題就別參考答案。

◈ Turn off the switch **when** anything <u>goes</u> wrong with the machine.
如果機器出了問題，就關掉開關。

◈ **Where** there <u>is</u> no fire, there is no smoke.
無風不起浪。

◈ **If only** I <u>had</u> more money, I could buy a new house.
要是我有更多的錢該有多好，我就能買一間新房子了。

◈ **If only** he <u>had come</u> to tell me then, a lot of trouble would have been saved.
當時倘若他有告訴我該有多好，就可以省去許多麻煩了。

（二）unless 表示「如果不」、「如果沒」、「除非」。but that
　　　表示「如果沒」、「如果不是」、「只有……才」。only
　　　(that) 表示「如果沒」、「如果不是」。only if 表示「只
　　　有……才」、「只要」，位於句首時，主要子句要倒
　　　裝。

◈ You cannot work out the problem **unless** you **do** it with
the help of the computer.
如不藉助電腦，你解決不了這個問題。

◈ I sleep with the window open **unless** it's really cold.
（＝I sleep with the window open **if** it isn't really cold.）
除非天氣非常冷，不然我總是開著窗戶睡覺。

◈ I won't write **unless** he writes first.
除非他先寫信給我，不然我不會寫信給他。

◈ I would marry her **but that** I am poor.
要不是窮，我就會娶她了。

◈ Nothing would content him **but that** she comes.
只有她來，才能使他滿意。

◈ I would come **only that** I am engaged.
要不是有事，我會來的。

◈ I would have gone, **only** you objected.
要不是你反對，我已經走了。

◈ Water will freeze **only if** the temperature drops to 32
degrees Fahrenheit or below.
只要溫度降到華氏三十二度或三十二度以下，水就會結冰。

◈ **Only if** a teacher <u>has given</u> permission is a student allowed to enter this room.

只有得到教師的允許，學生才可進入這房間。

◈ **Only if** the red light <u>comes</u> on is there any danger to employees.

只要紅燈一亮，就表示員工有危險。

補充說明：

A. unless 表示「如果……」時雖然相當於 if... not，有時可以互換，但它不能指尚未發生事情的結果，因而不能在表假設的條件子句中代替 if... not。

◈ We would have had a lovely holiday **if** it <u>had**n't** rained every day</u>.

要不是天天下雨的話，我們就可以度過愉快的假日了。

（本句不可用 unless it had rained。）

◈ I'll be very sorry **if** she <u>doesn't come</u> to the party.

萬一她不來參加派對，我會非常遺憾。

（本句不可用 unless he comes to the party。）

B. 有時用 unless 強調例外條件（only if... not），表示「除非」，有些情況不能用 unless 代替表示「如果不」的 if... not。

◈ I'll feel much happier **if** he doesn't come with us.

如果他不跟我們一起去，我會高興得多。

◈ I'll be surprised **if** he doesn't have an accident.

他要是沒有出意外，我倒會覺得驚訝。

C. unless 表示「除非」時，引導的子句可以用來補充前面剛
說過的話，此時 if... not 不能代替 unless。

◈ He doesn't have any hobbies—unless you call watching
TV a hobby.
他沒有任何嗜好──除非把看電視也算作嗜好。

◈ I couldn't have got to the meeting on time—unless I'd
caught an earlier train.
我可能準時參加會議──除非我趕上了早一班火車。

（三）assuming（that）, providing/provided（that）, supposing
（that）, on the supposition（that）等，皆可表示「假
如」、「假若」、「假設」等。

◈ **Assuming (that)** the weight and specific gravity of a body
<u>are known</u>, you can calculate its volume.
假如已知一個物體的重量和比重，就能計算出它的體積。

◈ **Assuming (that)** it <u>rains</u> tomorrow, what shall we do?
假若明天下雨，我們要做什麼？

◈ **Provided/Providing (that)** you <u>bear</u> the expense, I will
consent.
只要是你負擔費用，我就同意。

◈ You may go out **provided/providing (that)** you <u>do</u> your
homework first.
你可以出去，如果你先做作業的話。

◈ **Supposing (that)** somebody <u>is taken</u> ill, the doctor lives
close by.
倘若有人生病，醫生就住在附近。

◈ **Supposing (that)** there <u>were</u> no such force as gravity, what would things be like?
假如沒有地心引力，情況會是什麼樣子呢？

◈ The town borrowed money to build the school house, **on the supposition that** population and property <u>would increase</u>.
這個城鎮推測今後人口和財產都會增加，才借錢興建校舍。

◈ I'll do it for her **on the supposition that** she <u>can't do</u> it herself.
假定她自己不會做，我就替她做。

（四）on condition that, on/with the understanding that, with the provision that 皆可表示「在……的條件下」、「以……為條件」，有的還可表示「只有」、「如果」、「只要」。so long as, as long as 和 so that 皆可表示「只要」。其中的 so long as 比 as long as 常用。

◈ All of this equipment will work properly **on condition that** the lab is air-conditioned.
所有設備只在實驗室有空調的情況下才能正常運作。

◈ The workers would call off their strike **on condition that** the murderer should be punished.
唯有懲罰兇手，工人才肯復工。

◈ You can borrow the book **on condition that** you return it before Friday.
如果能星期五以前還，你就可以借這本書。

◈ Finally, they divorced **on the understanding that** the husband could see the children every weekend.
最後他們離婚了，條件是丈夫每週末可以看孩子。

◈ I will sign this agreement **with the understanding that** I may cancel it any moment I may so desire.
我可以簽這個契約，但條件是我可以隨時解約。

◈ She accepted the contract **with the provision that** it would be revised after a year.
她接受這個合約，條件是一年之後修改。

◈ The doctor agreed to go to Africa for one year **with the provision that** he could take his family with him.
那醫生同意去非洲工作一年，條件是家人可以同行。

◈ The volume of substances will not change **so/as long as** temperature and pressure remain constant.
只要溫度和壓力不變，物質的體積也不變。

◈ **So/As long as** you're happy, it doesn't matter what you do.
只要你高興，做什麼都沒關係。

## 4.3.5 表示原因的從屬連接詞

表示原因的從屬連接詞（subordinators denoting cause）有 because, since, as, for, in as much as, by the means that, by reason that, considering that, for that, for the reason that, onthe ground(s) that, in respect that, in that, not that... but that, now that, the rather that, so/as long as, farseeing that 等。

## 4.3.5.1 because, since, as, for 的用法

表示原因的從屬連接詞最常用的是 because, since, as, for，皆可表示「因為」、「由於」。如果要特別說明或強調為何會產

生主要子句所敘述的結果，或敘述他人所不知的原因，只可用 because，而不可用 since, as 或 for。

（一）because 的語氣最強。它所引導的子句是全句的重心，多置於主要子句之後。副詞子句表示直接原因時，because 之前多不加逗點，但也可加逗點。如要表示強調，because 引導的原因副詞子句也可置於句首，在主要子句之前要加逗點。

◈ He distrusted me **because** I was new.
他不信任我，因為我是新來的。

◈ I did it **because** he told me to.
我做此事是因為他叫我做的。

◈ He had to stay at home yesterday **because** he was ill.
＝**Because** he was ill, he had to stay at home yesterday.
因為病了，他昨天不得不待在家中。

◈ We could not cross the river **because** the water had risen.
＝**Because** the water had risen, we could not cross the river.
我們因水位上漲而不能過河。

◈ He is called Mitch, **because** his name is Mitchell.
＝**Because** his name is Mitchell, he is called Mitch.
人們叫他米契，因為他名叫米契爾。

◈ We have no electricity, **because** there's a power failure.
Because there's a power failure, we have no electricity.
因為電力故障而停電了。

◈ **Because** you haven't replied to my formal letter of May 1, I'm withdrawing my offer.
由於你尚未答覆我五月一日寄出的正式信件，我會撤回我的報價。

（二）because 引導的原因副詞子句置於主要子句之後時，如是隱含其他意義的省略句，或者是附加說明，because 之前必須加逗點，而且不可移至句首。

◈ He's drunk, **because** I saw him staggering.
他喝醉了，因為我看他走路搖搖晃晃的。

◈ He's drunk, and I claim this **because** I saw him staggering.
他喝醉了，而我這麼說是因為我看他走路搖搖晃晃的。

◈ I have no money in my bank account, **because** I checked this morning.
我銀行帳戶沒有錢，因為今天早上我確認過了。

◈ I know that I have no money in my bank account, **because** I checked this morning.
我知道我銀行帳戶沒有錢，因為今天早上我確認過了。

◈ She paid for the book, **because** I saw her.
她付錢買了那本書，因為我看見她付款了。

◈ I know that she paid for the book, **because** I saw her.
我知道她付錢買了那本書，因為我看見她付款了。

◈ He's at home, **because** I've just spoken to him.
他在家，因為我剛和他說過話。

◈ I know that he's at home, **because** I've just spoken to him.
我知道他在家，因為我剛和他說過話。

（三）回答 why 引導的疑問句，不可用 as, since 或 for，只可用
　　 because。

◈ "Why can't you do it now?" "**Because** I'm too busy."
　「為什麼你不能現在做此事呢？」「因為我太忙了。」

◈ "Why do you have no electricity?" "**Because** there's a
　 power failure."
　「你們為什麼停電了？」「因為電力故障。」

◈ "Why do you say that you have no money in your bank
　 account?"
　"**Because** I checked this morning."
　「你為什麼說你的銀行帳戶沒有錢？」「因為今天早上我確認過
　了。」

（四）只有 because 引導的原因副詞子句，可以用於「it＋be＋
　　 that...」的強調句型中，since, as 或 for 引導的原因副詞子
　　 句則不可以。

◈ **It is because** you are lazy **that** you lost your job.
　你是因為懶，才丟了飯碗的。

◈ **It was because** he was rich **that** she married him.
　因為他有錢，她才嫁給他的。

◈ **It was because** he stole a lot of money **that** I fired him.
　因為他偷了很多錢，我才開除他的。

（五）只有 because 引導的原因副詞子句，可用於 not... , but 的
　　 句型中，since, as 或 for 引導的原因副詞子句則不行。

◈ She married him, **not because** he is clever, **but because he is** diligent, honest, capable and sensible.
她嫁給他，不是因為他聰明，而是因為他勤奮、誠實、能幹和通情達理。

◈ He bought the book, **not because** it is very interesting, but because it is written by an old friend of his.
他買這本書，不是因為它非常有意思，而是因為是他的一位老朋友寫的。

（六）since 所表達的原因，一般是根據對方已知事實述說推斷的理由，或從而作出某個結論，可表示「既然」，而不可作沒把握的猜測，because 則可表示猜測，但不可表示「既然」。

◈ **Because/Since** he is ill, he can't go out with you.
因為他病了，他不能和你們一起出去。

◈ **Since** everybody is here, let's begin our discussion.
既然大家都在這裡，我們就開始討論吧。

◈ Did he come **because** he wanted money?
他是為了要錢而來的嗎？

（七）since 可表示「因為」、「由於」、「既然」。表示「既然」時，通常置於句首。表示「因為」、「由於」時，語氣不如 because 強，在口語中較少用。since 引導的子句置於主要子句之後表示因果關係時，since 之前必須加逗點。

◈ **Since** you know Latin, you should be able to translate the inscription.

既然你懂拉丁文，你應該會翻譯這個碑文。

◈ **Since** you ask me, I will tell you.

你既然問我，我就告訴你。

◈ **Since** we have no money, we can't buy a new car.

因為我們沒有錢，我們買不起新車。

◈ It must have rained, **since** the ground is wet.

一定下過雨了，因為地上濕濕的。

◈ He left, **since** he was hungry.

他走了，因為他餓了。

（八）as 可表示「因為」、「由於」、「鑒於」、「既然」，語氣較 because, since, for 弱。as 引導的子句多置於句首，子句中的主詞補語可置於句首，有時主詞和語動詞要倒裝。置於主要子句之後表示因果關係時，as 之前必須加逗點。在口語中 as 可省略。

◈ **As** you weren't there I left a message.

因為你不在那裡，我留了言。

◈ **As** she has no car, she can't get there easily.

因為她沒有車，無法輕易到那裡。

◈ **As** you object, I won't go there.

既然你反對，我就不去那裡了。

◈ **As** I haven't read the novel, I can't tell you anything about it.

因為我沒看過這本小說，沒辦法告訴你任何故事情節。

◈ He passed the exam, **as** he had studied hard.
他及格了，因為他很用功。

◈ We paid him generously, **as** he had done the work well.
我們給他很多的酬金，因為那份工作他做得很好。

◈ Complicated **as** was the experiment, we had to do it with great care.
由於實驗很複雜，我們不得不十分小心。

◈ Tired **as** they were, they went to bed as soon as they came back.
由於非常疲勞，所以他們一回家就上床睡覺了。

◈ You needn't go with us, **(as)** you are very busy.
既然你很忙，就不必和我們一起去了。

（九）只有 as 可以和對等連接詞 so 連用，表示「因為……所以」，because, for, since 皆不可和 so 連用。

◈ **As** men sow, **so** will they reap.
種瓜得瓜，種豆得豆。

◈ **As** he doesn't have enough money, **so** he can't spend his holidays abroad.
因為他錢不夠，所以他不能出國度假。

（十）for 在早期的文法書中被當作對等連接詞，現多已當作從屬連接詞，常用於書面語，比 because 正式，表示直接原因時可和 because 互換，但 for 引導的子句只可置於主要子句之後；不可用於「it＋be＋that...」的強調句型中，不可置於 not... but 或任何其他連接詞之後，也不可用以回答由 why 引導的疑問句。

◈ She has gone for a walk, **for/because** the rain has stopped.

她去散步了，因為雨停了。

◈ The old lady doesn't go out in the winter, **for/because** she fears the cold a great deal.

這位老太太冬天不出門，因為她非常怕冷。

◈ You can't go out, **for/because** it's raining hard outside.

你不能出去，因為外面正在下大雨。

◈ It is going to rain, **for** the barometer is falling.

要下雨了，因為氣壓正在下降。

（氣壓下降只是判斷可能下雨的手段，不是產生降雨的直接原因，因此只可以用 for，而不可用 because。）

◈ The man definitely stole the book, **for** I was watching and I saw him do it.

（＝I know the man definitely stole the book, **because** I was watching and I saw him do it.）

那人肯定偷了那本書，因為我一直盯著，看到他偷了。

◈ She must have gone out early, **for** she had not shown up at breakfast.

她一定是老早就出去了，因為吃早餐時沒看到她。

## 4.3.5.2 可表示「因為」、「由於」的從屬連接詞的其他用法

可表示「因為」、「由於」的其他從屬連接詞有 by the means that, by reason that, for that, for the reason that, on the ground(s) that, in that, the rather that 等。其中 in that 只用於正式文體或演說中。

◈ They gave a wonderful performance **by reason (that)** they organized well.
由於他們籌備完善，表演很精彩。

◈ He keeps himself a bachelor **by reason (that)** he is weak.
他因身體衰弱，依然保持單身。

◈ Mr. Brown declines to teach at the school any longer **for that** his health is failing.
布朗先生拒絕再在這所學校任教，因為他的健康越來越差。

◈ He could not walk now **for that** his legs were seriously injured.
由於他的雙腿受了重傷，他現在不能走路。

◈ He was late **for the reason (that)** he had been in an accident.
他因出了意外而遲到了。

◈ He could not be defeated in argument **for the reason that** he was clever and had a glib tongue.
因為他聰明又能言善辯，辯論時是不會失敗的。

◈ I recommended him **on the ground(s) that** he was honest and capable.
我推薦他是因為他誠實、能幹。

◈ Her claim was disallowed **on the ground(s) that** she had not paid her premium.
她要求賠款遭到拒絕，因為她事先沒有繳納保險費。

◈ Men differ from brutes **in that** they can think and speak.
人與獸類的不同之處，在於人會思考與說話。

◈ I could understand his point of view, **in that** I had been in a similar position myself.
我能理解他的觀點，因為我也有類似的處境。

◈ This law did more harm than good **in that** it made progress impossible.
這條法律弊大於利，因為它完全阻礙了進步。

（五）not that... but that 表示「不是（因為）……而是（因為）……」。

◈ **Not that** I am dissatisfied, **but that** I have my own business to attend to.
我不是不滿意，而是還有自己的事要做。

◈ **Not that** I dislike traveling with her, **but that** I have no time.
我不是不願意和她一起旅行，而是我沒有時間。

（六）the rather that 表示「因為……所以更加……」、「特為……」等。

◈ I won't go now, **the rather that** it's too late.
因為太晚了，所以我更不想去了。

◈ I've decided to send Jack to that school, **the rather that** the teachers there are good.
我決定把傑克送到那所學校，特別是因為那裡的老師很好。

## 4.3.5.3 其他可表示「因為」、「既然」的從屬連接詞的用法

其他可表示「因為」、「既然」的從屬連接詞有 inasmuch as, seeing that, now that, so/as long as，相當於 since。其中 inasmuch as 只用於正式的文體或演說中。

◈ He is a Dane **inasmuch as** he was born in Demark, but he became a British citizen at the age of 30.

他在丹麥出生，照理來說是丹麥人，但他在三十歲時成了英國公民。

（inasmuch as ＝because, since, seeing that）

◈ **Inasmuch as** you wish to, you may go.

既然你想去，你就去吧。

◈ The outcome of this is important **inasmuch as** it showed just what human beings were capable of.

這個結果是重要的，因為它足以表示人類的能力有多強。

◈ **Seeing (that)** she's lawfully old enough to get married, I don't see how you can stop her.

既然她已到了法定的結婚年齡，我看你阻止不了她。

◈ **Seeing that** he refused to help us, we should not help him now.

既然他過去拒絕幫助我們，我們現在就不應該幫助他。

◈ **Now (that)** you mention it, I do remember the incident.

經你一提，我真的想起那件事了。

◈ **Now (that)** you are well again, you can travel.

既然你恢復健康了，你可以旅行了。

◈ **Now (that)** the solution is just around the corner the strain begins to tell.

因為問題即將解決，疲勞開始顯現出來。

◈ **So/As long as** we've driven this far, we might as well go on.

我們既然已經開這麼遠了，不妨繼續下去吧。

◈ **So/as long as** you're going, I'll go too.
既然你要去，我也去。

### 4.3.5.4 可表示「鑒於」、「考慮到」的從屬連接詞的用法

表示「鑒於」、「考慮到」的從屬連接詞有 seeing that, considering(that)。

◈ **Seeing (that)** she is still young, the salary is not a bad one.
有鑒於她還年輕，薪水算不錯了。

◈ **Seeing (that)** it's only half a month since he came here, he knows quite a lot of people.
鑒於他才來到這裡半個月，他認識的人相當多了。

◈ **Considering (that)** he's just started, he understands quite a lot about it.
考慮到他只是剛剛開始，他對此瞭解得相當多了。

◈ **Considering** he's only been learning English a year he speaks it very well.
鑒於他只學了一年，他英文說得很好了。

## 4.3.6 表示結果的從屬連接詞

表示結果的從屬連接詞（subordinator denoting result）有 so... that, so that, that, such... that, so much so that, to such an extent that, with the result that 等。

（一）so... that 和 so that 皆可引導表示因果關係的副詞子句。

A. so... that 通常用於「so ＋形容詞或副詞＋that」引導的表示結果的副詞子句的句型，表示「如此……以至於或因

而」。so 在句首時，主要子句的主詞和動詞要倒裝。在口語中 that 有時可省略。

◈ He is **so** honest **that** he will not accept a bribe.
他是如此誠實，不會收賄的。

◈ Her picture is **so** good **that** it may be sent to the exhibition.
她的畫是那麼好，可以送去展覽。

◈ She has changed **so** much **that** I can hardly recognize her.
她變了好多，我幾乎認不出來了。

◈ She sang **so** well **that** she astonished every one.
她唱得那麼好，以至於大家都驚豔不已。

◈ **So** bright was the moon **that** the flowers were bright as by day.
月亮如此明亮，以至於花就像白天一樣鮮豔。

◈ They were all **so** tired **(that)** they could do nothing but yawn.
他們全都累得直打呵欠。


B. so... that 在正式文體中還可用「so＋形容詞＋a/an＋單數可數名詞＋that」引導的表示結果的副詞子句，意指「如此……以至於或因而」。

◈ She is **so** beautiful a girl **that** many people think her a movie star.
她是一個如此美麗的女孩，以致許多人認為她是電影明星。

◈ We had **so** good a time at the party **that** we hated to leave.
我們在派對上玩得那麼痛快，以至於我們都不願意離開。

◈ They had **so** fierce a dog **that** no one dared to go near their house.
他們有一隻很兇的狗，沒人敢走近他們家。

C. 用表示數量的不定形容詞 many, few, much, little 修飾名詞時，前面需要用 so 修飾，不可用 such。

◈ She has **so** many boyfriends **that** she can't remember all their names.
她有那麼多男朋友，以至於記不住他們每一個人的名字。

◈ He has **so** few friends **that** he always feels lonely.
他的朋友那麼少，因而他總感覺寂寞。

◈ He has **so** much money **that** he doesn't know where to spend it.
他有那麼多的錢，以致不知道要到哪裡花用。

◈ I have **so** little spare time **that** I can't go on outings.
我的空閒時間很少，因而不能去郊遊。

D. so that 表示「因而」、「因此」、「以至於」、「結果」等，在 so that 之前可以加逗點。

◈ The bridge had been destroyed**, so that** they could not return.
橋壞了，所以他們不能回家。

◈ Nothing more was heard from him **so that** we began to wonder if he was dead.
再也沒有聽到他的消息，因此我們開始懷疑他是不是死了。

（二）such... that 可引導表示因果的副詞子句，表示「如此……以至於或因而」。在口語中有時 that 可省略。

A. 可用於「such（＋形容詞）＋不可數名詞或複數名詞＋that」引導的的副詞子句（表結果）。

◈ He showed **such** concern **that** people took him to be a relative.
他很關心別人，因而大家都把他當成親人。

◈ He shut the window with **such** force **that** the glass broke.
他關窗那麼大力，導致玻璃都破了。

◈ It's **such** nice weather **that** I'd like to take a walk.
天氣那麼好，因此我想散散步。

◈ This book is written in **such** easy English **that** beginners can read it.
這本書是以如此簡易的英文寫成的，初學者也能讀。

◈ They are **such** clever students **that** they always get full marks in the examinations.
他們是那麼聰明的學生，總是考滿分。

B. 可用於「such＋a/an（＋形容詞）＋單數可數名詞或代名詞＋that」引導的的副詞子句（表結果）。

◈ It was **such** a boring speech **(that)** I fell asleep.
演講枯燥無味，我都睡著了。

◈ It's **such an interesting story (that)** every one of us likes it.
那個故事那麼有趣，我們每個人都喜歡它。

◈ His idea was **such a good one that** we all agreed to adopt it.
他的主意非常好，所以我們都同意採納。

C. 可用於「be＋such＋that」引導的的副詞子句（表結果），such 置於句首時，主要子句的主詞和動詞要倒裝。

◈ The weather **was such that** I could not go out.
這樣的天氣使我不能外出。

◈ His rude remarks **were such that** everyone turned angry.
他粗魯的言語惹得大家都生氣了。

◈ The force of the explosion **was such that** all the windows were broken.
爆炸力那麼大，所有的窗戶都震壞了。

◈ **Such is** the influence of TV **that** it can make a person famous overnight.
電視的影響力是那麼大，可以讓人一夜之間成名。

（三）so much so that 表示「甚至」、「以至於」、「到這樣的程度，以至於」等。

◈ The patient is very weak, **so much so that** he cannot stand up.
那個病人十分衰弱，甚至連站都沒有辦法。

◈ He was busy, **so much so that** he forgot his meal.
他忙到甚至忘了吃飯。

◈ He felt very embarrassed, **so much so that** he slipped away.
他感到十分尷尬，以至於偷偷溜走了。

◈ He is in a sorry plight, **so much so that** he can hardly get enough to live.
他的處境十分困難，窮得幾乎要活不下去了。

（四）「否定詞＋so/such... ＋but (that)」表示「沒有……使得……不……」、「不至於連……都不……」。

◈ One is **never so** old **but (that)** he can learn.
（＝**No one** is **so old that** he cannot learn.）
（＝**No one** is **too** old to learn.）
活到老，學到老。

◈ **No** task is **so** difficult **but (that)** we can accomplish it.
沒有任務是難到我們完成不了的。

◈ He is **not such** a fool **but (that)** he can tell an ox from a cow.
他還不至於愚蠢得連公牛和母牛都分不清。

（五）to such an extent that 表示「甚至」、「到這種程度，以至於」。

◈ His hand trembled **to such an extent that** he couldn't work any more.
他的手抖到不能再工作了。

◈ Sanitary conditions had deteriorated **to such an extent that** there was widespread danger of disease.
衛生狀況已經惡化到這種程度，致使有疾病蔓延（流行）的危險。

◈ He was mad **to such an extent that** he beat his father.
他氣到甚至打了他的父親。

（六）with the result that 表示「因而」、「從而」、「結果是」等。

◈ I was in the bath, **with the result that** I didn't hear the telephone.
我那時在洗澡，因此沒有聽到電話鈴響。

◈ They discussed the matter in detail, **with the result that** they came to an understanding.
他們詳細地討論了這問題，從而達成共識。

◈ He didn't work hard, **with the result that** he failed to get promoted.
他工作不努力，因而不能升職。

## 4.3.7 表示讓步的從屬連接詞

表示讓步的從屬連接詞（subordinator denoting concession）引導的副詞子句存在某種不利因素或障礙，但並不能因此而阻止主要子句動作的發生。

表示讓步的從屬連接詞有 although, as, be it, even if, even though, for all (that), granting (that), granting (that), if, much as, not but that, not but what, though, what, when, whether... or, while, no matter how, no matter what, no matter when, no matter where, no matter

實用 英語文法 百科 5

whether, no matter which, no matter who, no matter whom, no matter whose, however, whatever, whenever, wherever, whichever, whoever, whosever, whomever 及 so... but 等。

表示讓步的從屬連接詞按其功能還可分為以下三種：一種表示單純讓步；另一種表示假設兼讓步，就是說，除表示讓步外，還表示條件；還有一種可表示單純讓步，有時也可表示假設兼讓步。

◈ **Even though** you dislike ancient monuments, Warwick Castle is worth a visit.
儘管你不喜歡古蹟，但華威城堡還是值得一看的。
（說話者把 you dislike ancient monuments 看作對方的實際感受，even though 表示單純讓步，意指「雖然」、「儘管」、「雖說」。）

◈ **Even if** you dislike ancient monuments, Warwick Castle is worth a visit.
即使你不喜歡古蹟，但華威城堡還是值得一看的。
（說話者並未把 you dislike ancient monuments 看作對方的實際感受，只是一種假設，even 表示假設兼讓步，意指「即使」、「縱然」。）

◈ I will do it **if it kills me**.
即使要我的命，我也要做。
（說話者所講的 if it kills me 只是一種假設，if 表示假設兼讓步，意指「即使」、「縱然」。）

◈ **If** she's poor, at least she's honest.
她雖然窮，至少很誠實。
（說話者所講的 if she's honest 是事實，if 表示單純讓步，意指「雖然」、「儘管」、「雖說」。）

### 4.3.7.1 單純表示讓步的從屬連接詞

單純表示讓步的從屬連接詞有 although, though, even though, that, while, for all (that), as much as, much as, not but that, not but what。

（一）although 和 though 皆可表示「雖然」、「儘管」，一般可以互換。although 較為正式，較 though 語氣強。though 則較通俗常用，它所引導的子句置於句首時，子句中的主詞補語、修飾語或動詞（片語）可置於 though 之前。

◈ **Although/though** <u>we all tried our best</u>, we lost the game.
雖然我們都盡了力，但比賽還是輸了。

◈ **Although/though** <u>he had only entered the contest for fun</u>, he won first prize.
儘管他因好玩而參加這次競賽，卻贏得了頭獎。

◈ **Although/though** <u>he was twice as old as us</u>, he became the life and soul of the company.
雖然他的年齡大我們一倍，卻是公司中最活躍的人。

◈ <u>Exhausted **though** she was</u>, there was no hope of her being able to sleep.
雖然她疲憊不堪，但此時她絲毫不可能入睡。

◈ <u>Beautiful **though** the necklace was</u> we thought it was over-priced so we didn't buy it.
儘管那條項鍊很漂亮，我們還是認為價錢太貴而沒有買。

◈ Much **though** <u>I admire her</u>, I won't marry her.
雖然我很崇拜她，但是我不會娶她的。

◈ Fail **though** I did, I would never lose faith in myself.
雖然我失敗了，我絕不會失去對我自己的信心。

（二）even though 表示「雖然」、「儘管」等。

◈ I like her **even though** she can be annoying.
儘管她有時惹人生氣，我還是喜歡她。

◈ I used to love listening to her, **even though** I could only understand about half of what she said.
我過去喜歡聽她講話，儘管我大約只能聽懂她所說的一半。

◈ The sun gives the earth a tremendous amount of heat and light **even though** it far away.
雖然太陽很遠，卻給了地球豐沛的光和熱。

◈ She won't leave the TV set, **even though** her husband is waiting for his supper.
雖然她丈夫在等著吃晚飯，但她還是不願離開電視機。

◈ **Even though** you disagree with her, she's worth listening to.
儘管你不同意她的意見，但她的意見還是值得一聽。

◈ Julian is an honest man; I say it, **even though** I have opposed him.
朱立安是一個誠實的人；雖然我反對過他，還是要這麼說。

（三）that 也可表示「雖然」、「儘管」等，通常用於前置的主詞補語之後。

◈ Fool **that** he was, he managed to evade his pursuers.
雖然他很笨，他還是設法擺脫了追捕他的人。

◈ Child **that** he is, he knows what the right thing to do is.
儘管他是個孩子，他知道該做什麼事。

◈ <u>Poor fellow **that** he was</u>, he sometimes gives money to others.
雖然他窮，他有時候還給別人錢。

◈ <u>Disabled individual **that** he is</u>, he is the best worker in the workshop.
他雖然殘障，卻是此工廠最優秀的工人。

（四）while 可表示「雖然」、「儘管」，通常置於句首。

◈ **While** <u>I admit that there are problems</u>, I don't agree that they cannot be solved.
儘管我承認有問題，但我不同意這些問題不能解決。

◈ **While** <u>we don't agree</u>, we are still friends.
雖然我們意見不一致，但我們仍然是朋友。

◈ **While** <u>they are my neighbors</u>, I don't know them well.
雖然他們是我的鄰居，但是我和他們不熟。

◈ **While** <u>I like the color of the hat</u>, I don't like the style.
我雖然喜歡那頂帽子的顏色，但是我不喜歡它的款式。

（五）for all (that) 表示「雖然」、「儘管」、「雖說」。

◈ **For all (that)** <u>he boasts so much</u>, he does very little.
儘管他說得天花亂墜，卻做得很少。

◈ **For all (that)** <u>you say</u>, I still like her.
你雖然說了這些話，我仍然喜歡她。

◈ The price of gold is still rising **<u>for all (that)</u>** <u>the government says to the contrary</u>.
黃金的價格仍在上漲，儘管政府的說法剛好相反。

◈ **For all (that)** she has a good sense of balance, she can't dance well.
雖然她的平衡感很好，但舞跳得不好。

（六）as much as, much as, notwithstanding that 皆可表示「雖然」、「儘管」、「雖說」。

◈ **As much as** I hate to do it, I must stay home and study tonight
雖然我不願意，但我今晚必須待在家中讀書。

◈ **Much as** he disliked the work, he did it with all his might.
儘管他不喜歡那工作，他還是盡他最大的努力去做。

◈ **Much as** she hated cruelty, she couldn't help watching the fight.
雖然她痛恨殘酷暴行，她還是禁不住看了這場打鬥。

◈ **Much as** I would like to stay, I really must go home.
雖然我很想留下來，但我真的必須回家了。

◈ He went **notwithstanding that** he was ordered not to.
儘管命令他不要去，他還是去了。

◈ **Notwithstanding that** he is over 70, he often goes swimming in the river in winter.
雖然他已七十多歲了，冬天還是常常到河裡游泳。

## 4.3.7.2 表示假設兼讓步的從屬連接詞

表示假設兼讓步的從屬連接詞有 as, even if, if, whether... or, be it, no matter how, no matter what, no matter when, no matter where, no matter which, no matter whether, no matter who, no matter whose, no matter whom, however, whatever, whenever, wherever, whichever, whoever, whomever, whosever 及 what 等。

（一）as 一般表示「雖然」、「儘管」，有時也可表示「即使」，它通常置於形容詞、副詞、名詞或動詞（片語）之後，不可以置於句首。

◈ Intelligent **as** she was, she had not much insight.
她雖然聰明，但她沒有很強的洞察力。

◈ Rich **as** he is, he is not happy.
他雖然富有，但不幸福。

◈ Young **as** I am, I already know what career I want to follow.
我雖然年幼，可是對要從事的職業已胸有成竹了。

◈ Much **as** I like you, I couldn't live with you.
我雖然很喜歡你，卻不能和你一起生活。

◈ Much **as** I'd like to help, there isn't a lot I can do.
我雖很樂意幫忙，但我能做的不多。

◈ Try **as** he might, he couldn't solve the problem.
儘管他作了努力，還是未能解決問題。

◈ Change your mind **as** you will, you will gain no additional support.
即使你要改變主意，你也不會得到額外的支持。

（二）even if 表示「即使」、「縱然」。

◈ **Even if** I have to walk there all the way I'll get there.
即使我得全程用走的，我一定會到那裡的。

◈ **Even if** you try again, you may not succeed.
即使你再試一次，也許還是不能成功。

◈ It would not matter **even if** he should refuse.
他即使拒絕，也沒有什麼關係。

◈ **Even if** <u>they offered to pay</u>, I wouldn't accept any money from them.
即使他們主動付款，我也不會收他們的錢。

◈ **Even if** <u>we could afford it</u>, we wouldn't go abroad for our holidays.
縱然負擔得起，我們也不去國外度假。

◈ I don't regret lending her the money, **even if** <u>I never see it again</u>.
我不後悔借她這筆錢，即使我永遠拿不回來了。

（三）whether... or 表示「無論」、「不論」、「不管」，在非正式的文體中，動詞用原形動詞。

◈ The moon is a moon still, **whether** <u>it shines</u> **or not**.
不論有沒有光芒，月亮就是月亮。

◈ I'll stay here, **whether** <u>she likes</u> **or not**.
無論她是否喜歡，我將留在這裡。

◈ **Whether** <u>it be fine</u> **or** <u>not</u>, I must go.
無論天氣狀況如何，我都必須去。

◈ **Whether** <u>he like it</u> **or** <u>not</u>, he will have to work here.
無論他是否喜歡，他得在此工作。

◈ **Whether** <u>this succeed</u> **or** <u>fail</u>, it will not matter to him.
無論成功或失敗，對他而言都沒關係。

◈ **Whether** <u>she be right</u> **or** <u>wrong</u>, she will have my unwavering support.
不論她是對還是錯，我的支持都不會動搖。

（四）no matter how, no matter what, no matter when, no matter
where, no matter whether, no matter which, no matter who, no
matter whose, no matter whom, however, whatever, whenever,
wherever, whichever, whoever, whosever, whomever 等，皆
表示「無論……」、「不論……」、「不管……」。

◈ She leaves her bedroom window open, **however** cold it
is.
無論天氣多冷，她都開著臥室的窗戶。

◈ **However** fast you drive, I always feel safe with you.
不管你車開得多快，和你在一起我總是覺得安全。

◈ **No matter how** difficult the math problem is, I'll solve it.
不論這道數學題多難，我都要解開它。

◈ We will be grateful **whatever** amount you can afford.
不論你買多少我們都很感激。

◈ **No matter what** happens, please don't go.
無論發生什麼事情，請不要走。

◈ She was going to be a singer **no matter what** difficulties
she met.
無論遇到什麼困難，她都要當歌手。

◈ You may leave **whenever** you please.
你想什麼時候離開都可以。

◈ **No matter when** you call on me, you are welcome.
無論你什麼時候來看我，我都歡迎。

◈ I'll find her **wherever** she may be.
不論她可能在哪裡，我都要找到她。

◈ **No matter whether** it is light **or** dark at that hour, we have decided to leave at five o'clock in the morning.
不管在那時候天色是亮還是黑，我們決定在清晨五點鐘離開。

◈ The temperature of your body is always the same, **no matter whether** the weather is hot **or** cold.
無論天氣是冷還是熱，你的體溫都一樣。

◈ **Whichever** plan you adopt, you will encounter difficulties.
不管你採用哪一種方法，你都會遇到困難。

◈ **No matter which** method you adopt, you will get the same result.
無論你採用什麼樣的方法，你都會得到同樣的結果。

◈ He must be punished, **whoever** he is.
不管他是誰都必須受罰。

◈ **No matter who** said this, I don't believe it.
不論是誰說的，我都不相信。

◈ Whosever car this is, it mustn't be parked here.
不管這是誰的車，都不准停在這裡。

◈ **No matter whose** daughter she is, I won't see her.
無論她是誰的女兒，我都不會見她。

◈ **Whomever** you may doubt, never doubt yourself.
無論你會懷疑誰，永遠不要懷疑你自己。

（五）what 表示「不管」、「無論」、「不論」，通常置於動詞之後。

◈ **Come what may**, you must always keep this secret.
不論發生什麼情況，你要永遠保守祕密。

◈ I'll marry her, <u>come **what** may</u>.
無論發生什麼事，我都要娶她。

◈ <u>Say **what** he will</u>, in his heart he knows that he is wrong.
不管他說什麼，他心裡明白他錯了。

（六）be it 指代「be＋主詞＋主詞補語」的結構，較少使用，
且多少帶點文學色彩，表示「不管」、「不論」、「即
使」等，其中倒裝的 be 是假設語氣現在式，有時在 it
之後可加 ever so 以加強語氣。be it that 也可表示「即
使」。

◈ **Be it** <u>cheap or expensive</u>, I'll take it.
不管便宜還是昂貴，我都要買。

◈ **Be it** <u>little or much</u>, I'll give him half of it.
不論多少，我都會給他一半。

◈ **Be he** <u>friend or foe</u>, the law regards him as a criminal.
不管他是敵是友，法律都視他為罪犯。

◈ A mistake is a mistake, **be it** <u>ever so little</u>.
錯誤不論多小，錯誤就是錯誤。

◈ No man loves his fetter, **be they** <u>made of gold</u>.
即使腳鐐是金子打造的，也沒有人喜歡戴。

◈ **Be it that** <u>you have made a mistake</u>, I will still like you.
即使你犯了錯，我還是喜歡你的。

**4.3.7.3** 可以單純表示讓步，又可表示假設兼讓步的從屬連接詞有 if, when, granted (that), granting (that), so... but 等。

（一）if 可表示「縱然」、「即使」、「雖然」、「儘管」等。

◈ **If** he said that, he didn't expect you to take it personally.
即使他那樣說，他也不會希望你放在心上。

◈ **If** you saw him pick up the money, you can't be sure he stole it.
即使你看見他撿起了那筆錢，也不能肯定就是他偷的。

◈ **If** he is little, he is strong.
他年紀雖然小，但是力氣大。

◈ **If** he was there, I didn't see him.
他就算真的在那裡，我就是沒看見他。

◈ **If** I am wrong, you are wrong too.
即使我有錯，你也不對。

（二）when 可表示「雖然……卻」、「儘管……但」、「即使」，有時 when 引導的子句還可用假設語氣，表示「本該（或可以）……卻」。

◈ She usually walks **when** she might ride.
她雖然有車，卻經常步行。

◈ We have only three books **when** we need five.
我們雖然需要五本書，卻只有三本。

◈ **When** all is lost, the future still remains.
即使失去所有，仍然還有未來。

◈ I shall stand by you **when** the whole town is against you.
即使全城的人都反對你，我也會支持你。

◈ She paid **when** she could have entered free.
她本來可以免費入場，卻付了錢。

◈ She stopped trying **when** she might have succeeded the next time.
她本來下次可能會成功，卻不再嘗試了。

（三）granted/granting (that) 表示「即使」、「縱然」、「儘管」等。

◈ **Granting (that)** this is true, we cannot comply with your request.
即使這是真的，我們也不能答應你的要求。

◈ **Granted (that)** he has enough money to buy the house, it doesn't mean he is going to do so.
就算他有足夠的錢買這間房子，並不意味著他打算這麼做。

◈ **Granting (that)** you are right, you should not treat her that way.
即使你是對的，你也不應該那樣對待她。

◈ **Granted (that)** he is not brilliant, he is at least competent and works hard.
儘管他不是很有才華，至少他有能力且工作努力。

（四）so... but (that) 表示「即使……也」、「雖然……也」。含有否定意義的從屬連接詞 but 引導的子句和否定式的主要子句連用，形成雙重否定，也就是表示肯定。這種子句也可看作表示結果的副詞子句。

◈ Nothing is **so** good **but** there is room for improvement.
事情即使再好，還是有改善的空間。

◈ The streets were **so** crowded **but** cars could go through.
街道雖然擁擠，但車輛還是能通行。

## 4.3.8 表示方式的從屬連接詞

表示方式的從屬連接詞（subordinator denoting manner）有 according as, as, as... so, as if, as though, how, just as, like, the way, what 等。有些文法學家把其中的 as if, as though, as... so, what 以及 as 看作表示比較的從屬連接詞（subordinator denoting comparison）。

（一）as 表示「按照」、「依照」、「像……一樣」、「猶如」。as... so 也可以表示「猶如」、「像……一樣」。as 有時還可接「be/do＋主詞」，表示「……也一樣」。

◈ You should write **as** I told you to.
你應該照我告訴你的寫。

◈ We must act **as** the law requires.
我們必須依法行事。

◈ Do it **as** I do.
照我做的去做。

◈ When at Rome do **as** the Romans do.
入境隨俗。

◈ He spoke to me **as** he would speak to his son.
他對我說話的樣子，就好像在對他兒子說話一樣。

◈ Parks are to the city **as** lungs are to the body.
公園之於城市，猶如肺之於人體。

◈ Wings are to a bird **as** feet are to a man.
翅膀之於鳥，猶如雙腳之於人。

◈ **As** bees love sweetness, **so** flies love rottenness.
蒼蠅喜歡腐爛的東西，正如蜜蜂喜歡香甜的東西一樣。

◈ **As** you have no interest in reading, **so** has he no interest in swimming.
你對讀書不感興趣，正如他對游泳不感興趣一樣。

◈ She's unusually tall, **as** are both her parents.
她特別高，她的父母也一樣。

◈ He's a doctor, **as** was his wife before she had children.
他是醫生，他的妻子在生兒育女之前也是醫生。

（二）在非正式的用法中，尤其在美式用法中，like 可作從屬連接詞，代替 as 表示「按照……那樣」、「像……那樣」、「如同」、「好像」、「似乎」等。

◈ Do it **like** I told you.
照我以前告訴你的那樣做。

◈ No one sings the blues **like** she did.
沒有人唱藍調比得上她。

◈ You can't learn grammatical rules **like** you learn multiplication tables.
你不能像記乘法表那樣記文法規則。

◈ He acted **like** he owned this store.
他表現得好像他就是這家店的老闆似的。

◈ I love that boy **like** he was my son.
我把那個男孩當親生兒子一樣疼愛。

◈ It looks **like** I'll be late today.
看來我今天要遲到了。

（三）according as 表示「根據……而定」、「要看……而定」、「隨……而」。

◈ The thermometer rises or falls **according as** the air is hot or cold.
溫度計隨著空氣的冷熱而升降。

◈ Everyone contributes **according as** he is able.
每個人根據自己的能力作出貢獻。

◈ You may go or stay **according as** you decide.
去留由你自己決定。

◈ **According as** you behave yourself, you will be well treated or not.
你的表現決定你是否會受到良好的待遇。

◈ We will go on an outing or stay home **according as** it is fine or not.
我們要去郊遊還是待在家裡，要看天氣好不好。

（四）as if 和 as though 皆可表示「似乎」、「好像」、「猶如」、「彷彿」，兩者沒太大區別。

A. 在其引導的副詞子句中，動詞通常用假設語氣，以表示子句中所說的（大概）不是事實。

◈ He behaved **as if/as though** nothing had happened.
他裝作若無其事的樣子。

◈ He spoke **as if/as though** he were a specialist on the subject.
他說起話來彷彿他是這一科的專家。

◈ They talked **as if/as though** they had been friends for years.
他們交談起來好像是多年老友似的。

◈ I remember the whole thing **as if/as though** it happened yesterday.
整件事我都記得，就像昨天才發生的一樣。

◈ His face suddenly turned pale **as if/as though** he had seen a ghost.
他的臉色突然變白，像是見到鬼似的。

◈ He talks **as if/as though** he knew everything.
他說起話來一副什麼都懂的樣子。

B. 如果說話者認為所說的是事實或可能是事實，尤其主要子句的動詞是 look, seem, smell, taste 且為現在式時，子句中的動詞也是現在式。

◈ It looks **as if/as though** it is going to rain.
看起來好像要下雨了。

◈ You look **as if/as though** you have been good friends for years.
你們看起來好像是多年的好朋友。

◈ It seems **as if/as though** we shall have to walk.
我們好像勢必得步行了。

◈ The meat tastes **as if/as though** it has already gone bad.
肉嘗起來好像已經壞了。

◈ The milk smells **as if/as though** it is sour.
牛奶聞起來好像變酸了。

（五）just as 表示「正如」、「正像」、「就像」。

◈ I did it **just as** you told me.
我是照你告訴我的那樣做。

◈ **Just as** you hate Mr. Green, so I dislike his wife.
正如你厭惡格林先生一樣，我也不喜歡他的妻子。

◈ It's **just as** I thought.
正如我所料。

（六）the way 通常用於口語中，是 the way in which 或 the way
that 的省略形式，後接形容詞子句，作從屬連接詞表示
「以……的方式」、「像……樣子」、「從……的樣子
看來」等。

◈ I like **the way** you have done your hair.
我喜歡你整理頭髮的方式。

◈ She doesn't like **the way** he looks at her.
她不喜歡他看她的方式。

◈ They admired **the way** she dealt with the crisis.
他們欽佩她處理這場危機的手法。

◈ No one can understand **the way** I miss you.
沒有人能理解我是多麼想念你。

◈ Things developed just **the way** we had thought they
would.
事情的發展正像我們原來所料想的一樣。

◈ **The way** you are studying now, you won't make much progress.
照你現在這樣繼續學習下去，是不會有太大進步的。

（七）what 表示「正如」、「猶如」、「好比」、「好像」，相當於 as。what 引導的子句，通常用以解釋主要子句的內容。

◈ Reading is to mind **what** food is to body.
閱讀之於頭腦，猶如食物之於身體。

◈ **What** salt is to food, wit and humor are to conversation and literature.
雋語與幽默之於會話與文學，恰如鹽之於食物。

◈ Color, line, mass, space and texture are to a painter **what** words are to an author.
顏色、線條、主體、空間和結構之於畫家，好比文字之於作家。

◈ Railroad is to transportation **what** blood vessel is to a man's body.
鐵路之於交通運輸，好像血管之於人體一樣。

（八）how 在非正式的用法中，也可作從屬連接詞引導副詞子句，表示「怎樣」、「如何」。

◈ It's your life, so live it **how** you want!
這是你的生活，所以想怎麼過就怎麼過！

◈ I can dress **how** I like in my own house.
我在自己家裡想穿什麼就穿什麼。

◈ Do it **how** you like.
隨你的意思去做吧。

## 4.3.9 表示比較的從屬連接詞

表示比較的從屬連接詞（subordinators denoting comparison）主要有 as, than。

### 4.3.9.1 as 的用法

as 用於 as... as 和 not so/as... as 的結構中，後面的 as 是連接詞，在 as 引導的比較副詞子句中，通常省略與主要子句相同的部分，只保留要與主要子句比較的部分。

（一）as... as 用於「等比」，表示「和……一樣」。

◈ She is **as** tall **as** you were five years ago.
她和你五年前一樣高。

◈ Run **as** fast **as** you can.
盡你所能的跑快一點。

◈ She's **as** good an actress **as** she is a singer.
她當演員和當歌手一樣出色。

◈ She is **as** wise **as** (she is) active.
她既聰明又活潑。

◈ He speaks English **as** well **as** an Englishman.
他英文說得和英國人一樣好。

（二）not so/as... as 用於「差比」，表示「不如……」、「不及……」、「沒有……那樣」。

◈ He's **not so/as** old **as** I/me.
他年紀沒有我大。

◈ He's **not so/as** naughty **as** he was.
他不像從前那樣調皮了。

◈ Sound does **not** travel **so/as** fast **as** light.
　聲音不如光傳導得快。

◈ My car does **not** run **so/as** fast **as** hers.
　我的車跑得沒有她的車快。

◈ It was **not so/as** bad **as** last time!
　這次不像上次那麼糟！

◈ Taipei is **not so/as** large a city **as** Tokyo.
　臺北這個城市沒有東京那麼大。

## 4.3.9.2 than 的用法

　　than 用於「差比」，連接對比的雙方，表示「優於」或「次於」不同程度的比較。than 子句中與主要子句中相同的部分常可省略。

（一）表示「優於」的比較，常用「more 比較級＋than」的結構。

◈ She speaks English more fluently **than** I (do).
　她英文說得比我流利。

◈ He has more time **than** I (have).
　他的時間比我多。

◈ Manchester is farther from London **than** Oxford is.
　比起牛津，曼徹斯特距離倫敦比較遠。

◈ He became more famous **than** before.
　他變得比以前有名了。

◈ She likes the cat better **than** he (likes the cat).
　她比他喜歡這隻貓。

◈ It's <u>much colder today</u> **than** <u>(it was) yesterday</u>.
今天比昨天冷得多。

◈ He was <u>more lucky</u> **than** <u>(he was) clever</u>.
他與其說是聰明不如說是幸運。

◈ It's <u>better to be safe</u> **than** <u>(to be) sorry</u>.
有備無患比較好。

（二）表示「低於」的差比，可用 less ＋than 的結構來表示兩者
間一方程度比另一方少。

◈ We are having **less** <u>trouble</u> **than** <u>(we had) before</u>.
我們的困難比以前少了。

◈ It rains **less** <u>in London</u> **than** <u>(it rains) in Manchester</u>.
倫敦的雨下得比較曼徹斯特少。

◈ John is **less** <u>polite</u> **than** <u>Tom (is)</u>.
約翰不如湯姆有禮貌。

◈ He lost **less than** <u>I did</u>.
他的損失比我少。

◈ The movie was **less** <u>funny</u> **than** <u>the book (was)</u>.
電影不如書有趣。

◈ He speaks English **less** <u>well</u> **than** <u>he writes it</u>.
他的英文說得沒有寫得好。

◈ It takes **less** <u>time to go there by car</u> **than** <u>(to go there) by train</u>.
開車去比搭火車快。

（三）在美式英文中，than 可與 different 或 differently 連用，對
二者進行比較，表示「與……不同」。

◈ Roller-skating is <u>very **different than** ice-skating</u>.
穿輪式溜冰鞋溜冰與在冰上溜冰大不相同。

◈ You look **different than** <u>before</u>.
你看起來和以前不一樣了。

◈ His appearance was <u>very **different than** I expected</u>.
他的外表跟我預期的大不相同。

◈ Rice is prepared **differently** <u>here **than** it is in the States</u>.
這裡煮米飯的方法與美國不同。

## 4.3.10 表示反意的從屬連接詞

　　表示反意的從屬連接詞（subordinator denoting adversative）還可稱作表示對比的從屬連接詞（subordinator denoting contrast），只有 whereas 和 while 兩個字，表示「而」、「然而」、「但是」。有時只引導副詞子句和主要子句進行對比，可以不翻釋出來。whereas 較為正式，不及 while 常用。也有部分文法學家把它們看作是對等連接詞。

◈ I like tea **while** <u>she likes coffee</u>.
我喜歡茶，而她喜歡咖啡。

◈ You like sports, **while** <u>I'd rather read</u>.
你喜歡運動，而我寧願讀書。

◈ Some people like fat meat, **whereas** <u>others hate it</u>.
有些人喜歡吃肥肉，有些人則討厭肥肉。

◈ I thought you were wrong, **whereas** <u>actually you were right</u>.
我原本以為你錯了，但事實上你對了。

◈ They want a house, **whereas** <u>we'd rather live in an apartment</u>.
他們想要一棟房子，而我們寧願住在公寓。

## 4.3.11 表示限制的從屬連接詞

表示限制的從屬連接詞（subordinators denoting limit）有 so/as far as, in so/as far as 用以表示說話者所瞭解的情況或所敘述內容的限定範圍，意指「就……而言」。

◈ **So far as** <u>I know</u>, nothing like this has ever happened before.
據我所知，從前沒有發生過這樣的事情。

◈ **So far as** <u>I can see</u>, that is highly unlikely.
依我看，那是極不可能的。

◈ **As far as** <u>I can see</u>, her proposal is right.
依我看，她的提議是正確的。

◈ Your plan is a good one **as far as** <u>it goes</u>.
就目前的情況而言，你的計畫還不錯。

◈ You may stay there **as far as** <u>it goes</u>.
就目前的情況而言，你可以留在那裡。

◈ **As far as** my knowledge goes, there is no such word in English.
據我所知，英文裡沒有這個字。

◈ **So far as** <u>the form goes</u>, it is a good essay.
就文章體裁而言，那是篇好文章。

◈ **As far as** <u>the weather is concerned</u>, I don't think it matters.
就天氣而論，我認為沒有什麼要緊。

◈ The rise in interest rates will be disastrous **as far as** <u>small firms are concerned</u>.
利率的增加對小公司來說是大禍臨頭。

◈ He is far superior to the rest **in so far as** <u>how well he speaks English</u>.
就他的英文口語能力而言,他比其他人都強得多。

◈ He can be trusted **in so far as** <u>he has never told a lie</u>.
就他從來沒有撒過謊這點而言,他是可信賴的。

◈ **In so far as** <u>I know</u>, he doesn't have much money.
據我所知,他沒有多少錢。

◈ He is a German **in as far as** <u>he was born in Bonn</u>, but he became a French citizen in 1980.
就他出生於波昂而言,他是德國人,但他在1980年變成法國公民。

## 4.3.12 表示比例的從屬連接詞

表示比例的從屬連接詞(subordinator denoting proportion)有 in proportion as、the... , the... 等。

(一)「The＋比較級, the＋比較級」的結構也可看作從屬連接詞,表示「越……,越……」。

◈ **The more** <u>he gets</u>, **the more** <u>he wants</u>.
他得到的越多,想要的就越多。

◈ **The better** <u>I know her</u>, **the more** <u>I love her</u>.
我對她了解得越多,我就越愛她。

◈ **The higher** <u>you climb</u>, **the farther** <u>you can see</u>.
爬得越高,看得越遠。

◈ **The more** you tells him, **the less** notice he takes.
你對他講得越多，他越不在乎。

（二）in proportion to 表示「與……成正比」、「與……成比例」、「越……，越……」。

◈ A man does not always succeed **in proportion** to the amount of energy he exerts.
成功和付出不一定成比例。

◈ We increase in skill **in proportion to** the amount of practice we put in.
熟能生巧。

（三）as... 表示「隨著……」、「隨著……，越……，越……」，即表示主要子句的動作或狀態隨著副詞子句的動作或狀態而變化。主要子句和從屬子句中如有表示比例關係的形容詞或副詞（用作主詞補語或修飾語），皆需用比較級。

◈ **As** it became **darker**, it became **colder**.
天色越黑，就越冷。

◈ Her tongue grew **sharper as** she grew **older**.
隨著年齡的增長，她越來越會說話。

◈ Volume varies **as** temperature increases.
體積隨著溫度的增加而變化。

◈ The atmosphere gets **thinner and thinner as** altitude increases.
隨著高度的增加，空氣越來越稀薄。

◈ **As** the sun rose the fog disappeared.
隨著太陽升起，霧漸漸散去。

◈ **As** time went on, their hopes began to wane.
隨著時間的流逝，他們的希望逐漸消逝。

◈ You can see **farther** **as** you climb **higher**.
登得越高，看得越遠。

## 4.4 只可引導獨立構句的從屬連接詞 with 和 without

　　有些當代文法書認為 with 和 without 在引導獨立構句
（absolute construction）時，只可以是從屬連接詞，而不是介詞，
而當作從屬連接詞時，只可以引導獨立構句。

　　注：有些當代的文法書將此種結構中的 with 或 without，仍看作介詞，視為
　　　　「具體說明附加的情況、條件或原因的功能詞」。

### 4.4.1 由從屬連接詞 with 或 without 引導的獨立構句

　　「從屬連接詞 with 或 without ＋名詞或代名詞＋形容詞、副
詞或介詞片語」的結構，和「名詞或代名詞＋作受語補語的形容
詞、副詞或介詞片語」的結構一樣，也稱作獨立構句（nominative
absolute construction），用以表示某一動作或狀態的附帶狀況，或
主要子句所敘述內容的原因或條件。有些文法書將此種結構稱作
介詞獨立構句（prepositional absolute construction）。

（一）由從屬連接詞 with 或 without 引導的「名詞或代名詞＋介
　　　詞片語」構成的獨立構句。如：

◈ His wife came down the stairs **with** their year-old son in
her arms.
他的妻子手裡抱著一歲大的兒子下樓。

◈ He returned home **without a cent in his pocket**.
他身無分文回家。

◈ **With tears of joy in her eyes**, she watched her daughter get married.
她眼裡含著高興的淚水，看著女兒結婚。

◈ We sat on the dry grass **with our backs to the wall**.
我們背靠著牆，坐在乾草地上。

◈ Michelle has fallen asleep **with her hands on his shoulder**.
蜜雪兒雙手倚著他的肩膀睡著了。

◈ **With John away**, we've got more room.
由於約翰走了，我們有比較多的空間。

◈ **With his mouth full**, he didn't speak clearly.
因為他滿嘴食物，說話不清楚。

（二）由從屬連接詞 with/without 引導的「名詞或代名詞＋形容詞（片語）」構成的獨立構句。如：

◈ She never sleeps **with the windows open**.
她從來不開著窗戶睡覺。

◈ Don't talk **with your mouth full**.
吃東西的時候不要講話。

◈ **With three people away ill**, we'll have to close the shop.
有三個人生病沒來，我們的店不得暫行營業。

（三）由從屬連接詞 with/ without 引導的「名詞或代名詞＋副詞（片語）」構成的獨立構句。如：

◈ He stood beside her **with his head down**.
他低著頭站在她的旁邊。

❖ Anderson was lying on the bed **with** all his clothes on.
安德森和衣躺在床上。

（四）由從屬連接詞 with/ without 引導的「名詞或代名詞＋名詞
（片語）」構成的獨立構句。如：

❖ An old friend came to see me **with** a dog the size of a calf.
一位老朋友來看我，帶著一隻像小牛那麼大的狗。

❖ He died with his daughter yet a schoolgirl.
他去世的時候，他的女兒還只是個學生。

## 4.4.2 由從屬連接詞 with 或 without 引導的獨立分詞構句

「從屬連接詞 with/ without ＋名詞＋分詞（片語）」的結
構，稱作獨立分詞構句（absolute participial construction）。有
些文法書將此種結構稱作介詞獨立構句（prepositional absolute
construction），或介詞獨立分詞構句（prepositional absolute
participial construction）。

（一）由「從屬連接詞 with/without ＋名詞＋現在分詞（片
語）」構成的獨立分詞構句。如：

❖ They debated for hours **without** a decision being made.
他們爭辯了好幾個小時，還是沒做出決定。

❖ He fell asleep **with** the light still burning.
燈還亮著，他就睡著了。

❖ **Without** anyone noticing, he left the assembly hall.
趁沒有人注意，他離開了會場。

❖ She won't go dancing **with** her child being ill.
因為她的孩子病了，她不願意去跳舞。

◈ **With** the crowds cheering, the royal party drove to the palace.
在人群的歡呼聲中，皇室成員驅車前往皇宮。

◈ **With** the exams coming next week, I have no time for a social life.
由於下週要舉行考試，我沒有時間參加社交活動。

◈ You can't invite strangers to dinner in this village **without everybody knowing**.
在這村裡請陌生人吃飯，不讓大家知道是不可能的。

（二）由「從屬連接詞 with/without ＋名詞＋過去分詞（片語）」構成的獨立分詞構句。如：

◈ All the afternoon he worked **with the door locked**.
他整個下午閉門工作。

◈ **With** both my friends gone home, I lived alone for some time.
我的兩個朋友都回家了，我獨自住了一段時間。

◈ He said good-bye to her **with** head thrown back.
他回頭對她說再見。

◈ He left the meeting **without** speaking a word.
他一句話也沒說，就離開了會場。

◈ **With** the trees grown tall, we get more shade in summer.
樹長高了，我們夏天會有更多的樹蔭。

◈ She was lying in the bed **with** her eyes closed.
她閉著眼睛躺在床上。

## 4.4.3 由從屬連接詞 with 或 without 引導的獨立不定詞構句

　　由從屬連接詞 with 或 without 引導的由「名詞＋不定詞（片語）」構成的，可表示原因或條件的獨立不定詞構句（absolute infinitive construction）。有些文法書將此種結構稱作介詞獨立構句（prepositional absolute construction）或介詞獨立不定詞構句（prepositional absolute infinitive construction）。如：

◈ **With** nothing to do, we went fishing by the lake.
因為沒事做，我們去湖邊釣魚。

◈ **With** an important meeting to attend, I didn't go traveling with my family.
因為要出席一個重要的會議，我沒有和我的家人一起去旅遊。

◈ **With** so much work to do, I won't have time to go out.
有那麼多工作要做，我沒時間出去。

◈ **Without** you to consult, I would be completely lost.
要不是請教你，我一定一籌莫展。

◈ **Without** me to supplement your income, you wouldn't be able to manage.
要不是我補貼你的收入，你不可能應付得來。

◈ **With** the new president leading, our firm is growing by leaps and bounds.
在新總裁的領導下，我們的公司發展神速。

Chapter **17**

# 感歎詞
# Interjection

# 1 概說

## 1.1 感歎詞的定義

感歎詞是用以表達喜怒哀樂等情感或意願的字,與句中其他部分沒有文法上的連結,但在意思上是相關的,所以也被視為獨立成分。如:

◈ **Oh!** It's so cold outside.
噢!外面好冷。
(感歎詞 oh 與句中其他部分沒有文法上的連結,但 oh 與整句的意思有關,表示了對天氣冷的驚歎。)

◈ **Alas**, I have lost my passport!
哎呀,我弄丟了我的護照!
(感歎詞 alas 與句中其他部分沒有文法上的連結,但是 alas 與整句的意思有關,表示弄丟護照的焦慮。)

## 1.2 感歎詞的位置

(一) 感歎詞一般情況下置於句子的前面。如:

◈ **Oh!** Don't ever do that again!
啊!千萬不要再那樣做了!

◈ **Oh**, it's you!
噢,是你啊!

(二)感歎詞偶爾也出現於句中或句子之後。如:

◈ He could do it; but, **alas**, he wouldn't.
他能做此事；但是，唉呀，他不願意。

◈ Her son, **oh**, is such a naughty boy!
她的兒子，唉，真是個淘氣的男孩！

◈ Is this your painting? **Wonderful**!
這是你的畫嗎？好極了！

◈ She married a boss fifty years older than she. **Humph**!
她嫁給了一個比她大五十歲的老闆。哼！

◈ You're doing your homework, **eh**?
你在做作業，對吧？

## 1.3 感歎詞後標點符號的使用

（一）感歎詞所表示的情緒較強烈時，感歎詞後常跟著驚嘆號，如果全句都表示感歎情緒，句尾用感嘆號。如：

◈ **Well**, **well**! Who would have guessed it!
真的！誰會猜得到這點呢！

◈ **Ah**! That is quite a different matter.
啊！那是一個相當不一樣的問題。

◈ **Aha**! You can't escape now.
啊哈！你現在逃不掉了。

◈ **Oh**! I remember her now.
噢！我現在想起她了。

◈ **Hello**! How are you?
喂！你好？

（二）感歎詞所表示的情緒如果不很強烈，可用逗點，偶爾會
　　用到問號。如：

◈ **Ah**, glad to meet you!
　啊，很高興見到你。

◈ **Oh**, is that so?
　啊，是那樣嗎？

◈ **Aha**, so it's you hiding here.
　啊哈，原來是你藏在這裡啊。

◈ That was a good film, **eh**?
　那是一部好電影，對嗎？

（三）感歎詞有時和句子直接相連，中間不加標點符號。如：

◈ **Fie** upon you!
　好不要臉！

◈ **Hurrah** for the holidays!
　好耶，放假了。

◈ **Oh** that I could fly!
　我要能飛該有多好啊！

◈ **O** for a rest!
　要是能休息該有多好啊！

◈ **Oh** look!
　看啊！

◈ **O** wind, if winter comes, can spring be far behind?
　風啊，如果冬天已經來到，春天也不遠了吧？

（四）感歎詞有時可直接銜接稱呼語、第一人稱代名詞的受詞
　　或 yes, no 等，中間不加標點符號。如：

◈ **O** Zeus!
宙斯啊！

◈ **O** Henry! Go and get some water for me!
亨利呀！去給我拿些水來。

◈ **O** me! I myself have no idea of what to do.
哎呀！我自己也不知道該怎麼辦。

◈ **O** yes! He has really been there.
噢，是的！他的確去過那裡。

◈ **O** no! She is not a doctor.
噢，不是！她不是醫生。

## ② 感歎詞的類別

有一小部分字最初就當感歎詞使用，可稱作「原始感歎詞」（primary interjection）或「專用感歎詞」，更多的感歎詞是由其他詞類轉變來的。因此，感歎詞可分為「原始感歎詞」和「次要感歎詞」（secondary interjection）兩大類。「次要感歎詞」還可以分為「次要簡單感歎詞」（simple secondary interjection）和「次要片語感歎詞」（phrasal secondary interjection）。

## 2.1 原始感歎詞 （primary interjection）

原始感歎詞是指在起源上和形態上與任何實詞都沒有關係，只表示感歎的字。如：

ah, aha, alas, bah, bravo, eh, faugh, fie, gosh, ha, hello, hey, ho/ hoa, humph, hurrah, O, oh, ooh, oops, ouch, ow, pshaw, tush, tut, ugh, uh-huh, whee, whew, whoops, wow, yippee, yuk 等。

（一）常用的原始感歎詞中的有 oh, O, ah, ha, aha, hello, hi, hey, alas, bravo, humph, hurrah, bah, eh, fie, ouch, pshaw, tut, uh-huh 等。

  A. Ah 譯為「啊」，oh和O 譯為「哦」、「啊」、「呦」、「哎呀」等，皆可表示「驚訝」、「讚歎」、「願望」、「恐怖」等多種情緒。O 必須大寫，而且從不單獨出現。在散文中多用 oh，在韻文中多用 O；表稱呼時多用 O；後面加逗點或驚嘆號時常用 oh，不加逗點時常用 O。如：

◇ **Oh**, really?
　啊，真的？

◇ **Ah**! I've never heard of such things before.
　啊！我以前從來沒有聽說過這樣的事情。
　（以上表示「驚奇」。）

◇ **Ah**, what a beautiful bride!
　啊，多漂亮的新娘！

◇ **Oh**, how beautiful the picture is!
　啊，好美的一副畫！

◇ **Oh**, it's so clear and warm today!
　啊，今天天氣好晴朗又暖和！
　（以上表示「讚美」或「高興」。）

◇ **Oh**, I don't know why you are so stubborn.
　哎呀，我不知道你為什麼這麼頑固。

◈ **Oh**, what a naughty and tiresome boy!
哎呀，多麼淘氣又煩人的男孩子！

◈ **Ah**, I was too careless!
啊，我太粗心了！

◈ **Oh**, I misunderstood her.
噢，我誤會她了。

◈ **O** Tom, what are you doing over there?
湯姆啊，你在那裡幹什麼呢？
（以上表示「不滿」、「後悔」、「遺憾」或「不耐煩」。）

◈ **Oh**, your father isn't out of danger yet.
噢，你的父親還沒有脫離危險。

◈ **Ah**, what a pity!
啊，真可惜！

◈ **Ah**, how pitiful!
啊，多可憐！
（以上表示「焦急」、「憂慮」、「惋惜」或「憐憫」。）

◈ **Ah**, that's right.
啊，那是對的。

◈ **Oh**, is it true?
噢，這是真的嗎？
（以上表示「同意」、「懷疑」。）

◈ "Is she lovely?" "**Oh** yes, she is."
「她很可愛嗎？」「噢，是的，她很可愛。」

◈ "You don't mind, do you?" "**Oh** no, not at all."
「你不介意，對吧？」「噢，對，一點都不介意。」
（以上表示「肯定或否定」。）

◈ **Oh**, please don't ask me any more.
啊，請別再問我了。

◈ **O** mention him no more!
噢，別再提他了！
（以上用於祈使句之前，表示「意願」。）

◈ **O** that I might see her.
噢，真希望能見到她。

◈ **O** for a bottle of brandy!
如果有一瓶白蘭地該有多好啊！
（以上表示「願望」。

◈ **Oh**, life is only a dream!
唉，人生不過是一場夢。

◈ **Ah**, misfortunese tell us what fortune is.
啊，不經災難不知福。
（以上表示「感慨」。）

B. 另外一些常用的原始感歎詞可表示一種或幾種感情或情
　　緒。如：

| 英文 | 中文意思 | 解釋 |
|------|---------|------|
| ha | 哈 | 可表示「驚愕」、「快樂」、「疑惑」、「躊躇」 |
| aha | 啊哈 | 可表示「驚奇」、「勝利」、「滿意」 |
| hi/hello/hallo | 嘿，喂，嗨 | 表示「驚愕」、「問候」或用於「引人注意」 |

| hey | 嘿 | 可用以「引起注意」或表示「驚訝」、「疑問」 |
| alas | 嘿，喂 | 可表示「焦急」、「憂慮」或「失望」 |
| bravo | 好啊，妙啊 | 用於歡呼 |
| humph | 哼 | 可表示「懷疑」、「不滿」 |
| hurrah | 萬歲，好極了，棒極了 | 用於歡呼 |
| ouch/ow | 哎喲 | 可表示「突然覺得疼痛」 |
| pshaw | 啐，哼 | 可表示「鄙視」、「不高興」、「不耐煩」 |
| uh-huh | 嗯哼 | 可表示「同意」、「肯定」、「注意傾聽」、「滿意」 |
| eh | 呃？，對嗎？ | 可表示「驚奇」、「懷疑」、「徵求同意」或「請求重複」 |
| bah | 呸，哼 | 可表示「輕蔑」、「厭惡」 |
| tut | 噓，嘖 | 可表示「不贊成」、「煩惱」 |

◈ **Ah**, what a pity!
  啊，真可惜！

◈ **Aha**! I have solved the difficult math problem!
  啊哈！這道數學難題讓我解出來了。

◈ **Ha**, **ha**! I won first prize.
  哈哈！我得了頭獎。

◈ **Hello**, how are you?
  嘿，你好嗎？

◈ **Hello**! What's happened here!
喂！這裡發生了什麼事？

◈ **Hello**, can you hear me?
喂，你聽得見我說話嗎？

◈ **Hello**, John! How's everything?
你好，約翰！一切都好嗎？

◈ **Hey**! Look out!
嘿！留神！

◈ **Alas**, I have lost my purse!
哎呀，我把我的錢包弄丟了。

◈ **Bravo**! We've won the finals.
好極了！我們決賽勝利了。

◈ "The President is my good friend." "Humph! Your good friend?"
「總統是我的好朋友。」「哼！你的好朋友？」

◈ **Hurrah** for the holidays!
好耶，放假了！

◈ **Ouch**!/**Ow**! That hurts.
哎呦！疼啊。

◈ **Pshaw**! He is not a gentleman but a rascal.
呸！他不是君子而是流氓。

◈ **Uh-huh**, you did a good job.
嗯哼，你做得不錯。

◈ You're having dinner, **eh**?
你正在吃飯，對吧？

◈ **Bah**, you dirty rat! How could you do a thing like that?
呸，你這個不要臉的東西！連那種事你都做得出來？

◈ **Tut**, **tut**, Tom is late again!
嘖，嘖，湯姆又遲到了！

（二）除上述常用的原始感歎詞外，還可見到一些其他的原始
感歎詞。如：

| 英文 | 中文意思 | 解釋 |
|------|---------|------|
| ahem | 呃哼 | 用以引人注意，表示不以為然或用以贏得時間 |
| boo | 呸 | 表示「不贊成或唾棄」 |
| faugh | 哼，噓，呸 | 表示「輕蔑，厭惡」 |
| gosh | 天啊 | 用作 God 的委婉說法，表示「驚異或用於發誓」 |
| ho/hoa | 呵 | 「引起注意」或表「驚奇」、「嘲笑」、「讚美」、「歡樂」、「滿足」 |
| oho | 喔呵 | 表示「驚奇」、「勝利」、「得意」、「歡欣」、「嘲諷」 |
| ooh | 噢 | 可表示「驚異」、「興奮」、「滿意」 |
| oops/whoops | 哎呀 | （對自己的錯誤、笨拙或冒失的行為）表示「驚訝或煩惱」 |
| sh | 噓 | 表示「安靜」、「靜一靜」、「別出聲」、「小聲一點」 |
| tush | 啐，呸 | 可表示「輕蔑」、「指責」、「不耐煩」 |

| ugh | 嘿，呸，啊，哦，哎呀 | 可表示「厭惡」、「恐懼」 |
|---|---|---|
| whee | 嘻嘻 | 可表示「喜悦」、「高興」 |
| whew/phew | 哎呀，喲 | 可表示「驚訝」、「寬慰」、「疲勞」、「沮喪」 |
| wow | 哦，喲，哇 | 可表示「驚奇」、「欽佩」 |
| yippee | | 表示「愉快」或「興奮」時的喊叫聲 |
| yuk/yuck | | （美、加的俚語）重疊用以表示「愉快」或「嘲笑」 |

◈ **Ahem**, might I make a suggestion?
呃哼，我可以提個建議嗎？

◈ **Boo**! We can stand no more nonsense from him.
噓！我們不能容許他再胡說八道。

◈ **Faugh**! He treats children so cruelly.
哼！他對待孩子好冷酷。

◈ **Gosh**, I was dying of hunger!
天啊，我快餓死了！

◈ **Oho**, I didn't expect you were here too.
喔呵，我沒料到你也在這裡。

◈ **Ooh**! You don't know how beautiful she is.
噢！你都不知道她有多美啊。

◈ **Oops**!/**Whoops**! I nearly dropped the vase.
哎呀！我差一點把花瓶弄掉了。

◈ **Sh**! You'll wake the baby.
噓！你會吵醒寶寶的。

◈ **Tush**, you miserable coward!
啐，你這可憐的懦夫！

◈ **Ugh**! You are eating snails!
啊！你在吃蝸牛喔！

◈ **Whee**! I got first prize!
嘻！我中了頭獎！

◈ **Wow**! The dishes she cooks certainly taste delicious!
哇！她做的菜真是好吃啊！

## 2.2 次要感歎詞（secondary interjection）

由名詞、動詞、形容詞、副詞或含有實詞的片語轉變而來、表示感歎的字，稱作次要感嘆詞。次要感歎詞還可分為「次要簡單感歎詞」和「次要片語感歎詞」兩類。

### 2.2.1 次要簡單感歎詞（simple secondary interjection）

次要簡單感歎詞起源於單一的名詞、動詞、形容詞或副詞。這類詞無固定範圍，此處只介紹一些常見的字。

#### 2.2.1.1 源於名詞的次要簡單感歎詞

起源於名詞的要位簡單感歎詞，字首必須大寫，其後接感嘆號。常見的有：

| | |
|---|---|
| Nonsense! 胡說！廢話！荒唐！無聊！ | Silence！安靜！肅靜！ |
| Fire! 失火了！ | Danger! 危險！ |
| Water! 水！ | Earthquake! 地震了！ |
| Thief! 小偷！有小偷！ | Congratulations! 恭喜！ |

| | |
|---|---|
| Shame! 可恥！ | Horrors! 好恐怖！真煩人！ |
| Shit! 媽的！狗屁！ | |

◈ **Nonsense**! I don't believe it at all.
胡說！我根本就不相信。

◈ "I can't go out dressed like this." "**Nonsense**! You look fine."
「我不能穿這樣出去。」「亂說！你這樣很好看。」

◈ **Silence**, please!
請肅靜！

◈ **Fire! Fire!** Quick! *Water*!
失火了！失火了！快！拿水來！

◈ Thin ice! **Danger**!
薄冰！危險！

◈ **Earthquake**! Come out quickly!
地震了！快出來！

◈ **Thief! Stop thief**!
有小偷！快抓住那個小偷啊！

◈ You've just got engaged. **Congratulations**!
你們剛訂了婚。恭喜！

◈ **Water**! I'm dying of thirst.
水！我快要渴死了。

◈ **Shame**! How could you treat her so badly?
真可恥！你怎麼能對她那麼壞？

◈ **O horrors**! Not another invitation to tea with Aunt Muriel!
哎喲！可別再應邀去妙麗嬸嬸那裡喝茶了啦！

◈ **Shit**! I've missed the train!
　媽的！我沒趕上火車！

## 2.2.1.2 源於動詞的次要簡單感歎詞

源於動詞的常見次要簡單感歎詞整理如下：

| | |
|---|---|
| Help! 救命啊！ | Listen! 聽！ |
| Stop! 站住！ | Halt! 站住！ |
| Look! 看！嘿！聽我說！ | See! 看！瞧！ |
| Come! Come! 好啦！好啦！ | Hear! Hear!<br>好啦！好啦！／對！對！／聽啊！ |
| Hush! 噓！別出聲！ | Hark! 聽啊！ |
| Bother! 討厭！ | Welcome! 歡迎！ |

◈ **Help**, **help**! A child is drowning!
　救命啊！救命啊！有個小孩快淹死了。

◈ **Listen**! I'm your mother. How can you talk to me like this?
　聽著！我是你媽媽。你怎麼能這樣跟我說話？

◈ **Stop**! If you take a step forward, I'll shoot.
　站住！如果你往前一步，我就開槍。

◈ **Halt**! Who goes there?
　站住！什麼人？
　（第二句為哨兵口令。）

◈ **See**, here she comes!
　看，她來了！

◈ **Come**, **come**! You shouldn't speak like that.
　得了，得了！你不該那樣說話！

◈ **Hush**! Someone's coming!
別出聲！有人來了！

◈ **Hark**! I hear footsteps.
聽！我聽到腳步聲。

◈ **O bother**! My bike is missing.
真討厭！我的腳踏車不見了。

◈ **Welcome**, my old friend!
歡迎，我的老朋友！

◈ **Damn**! I have lost my car.
倒楣！我把車搞丟了。

## 2.2.1.3 源於形容詞的次要簡單感歎詞

源於形容詞的常見次要簡單感歎詞有：

| | |
|---|---|
| Strange! 奇怪！ | Fine! 好！ |
| Ridiculous! 真荒謬！ | Great! 太好了！妙極了！真的呀！ |
| Quiet! 安靜！ | My! 哎喲！天啊！哇！ |

◈ **Strange**! Where is my passport?
奇怪！我的護照在哪兒？

◈ **Fine**! You shall be rewarded.
好啊！你應該得到獎勵。

◈ **Great**! Let's go!
好極了！我們走吧！

◈ **Quiet**! Mother is sleeping.
安靜！媽媽正要睡覺。

◈ **My**! What a clever child!
哇！多聰明的孩子！

## 2.2.1.4 源於副詞的次要簡單感歎詞

源於副詞的常見次要簡單感歎詞有：

（一）well 當作感歎詞時有多種意思：

◈ **Well**, here we are at last.
好啦，我們終於到了。
（表示「寬慰」、「安心」。）

◈ **Well**, it may be true.
那麼說，也許是真的。
（表示「讓步」。）

◈ **Well**, what happened next?
那麼，接下來發生了什麼事呢？
（表示「疑問」、「好奇」。）

◈ **Well**, it can't be helped.
算了，這是沒有辦法的事。

◈ **Well**, it may be so, but I am not so sure.
唉，也許是那樣，但我不敢肯定。
（表示「猶豫」。）

◈ **What**! You've sold my car without my permission.
什麼！你未經我的同意就把我的車賣了！

（五）there 可表示「勝利」、「滿足」、「失望」、「沮
喪」、「反抗」、「關心」、「同情」、「安慰」或加
強語氣。如：

◈ **There**, that's finished at last.
　好了，那事終於結束了。

◈ **There**, I can have some peace now!
　好啦，我現在總算可以得到點寧靜了！

◈ **There**! It's done.
　好啦！完成了。

◈ **There**! I told you he would do it!
　瞧！我對你說過他會做那件事的！

◈ **There**! I clean forgot it!
　糟糕！我把這事徹底忘了。

◈ **There**, **there**, it's not your fault.
　好啦，好啦，這不是你的錯。

◈ **There**, **there**, don't cry!
　好啦，好啦！別哭了！

◈ **There**, **there**! Never mind!
　好啦，好啦！沒關係！

◈ **There**! Do you feel better now?
　怎麼樣，你感覺好些了嗎？

◈ **There**, that must be his car now stopping outside.
　看，現在停在外邊的應該是他的汽車。

◈ **There** he comes!
　他來了！

◈ **There** goes the dinner bell!
　晚餐鈴響了！

（六）really 可表示「驚奇」、「異議」、「懷疑」等。如：

◈ "They are going to marry next week." "**Oh, really**?"
「他們下星期要結婚了。」「噢，真的嗎？」

◈ "Shut up!" "**Well, really**!"
「住口！」「哎呀，真是的！」

◈ "She is going to resign." "**Really**? Are you sure? "
「她打算辭職了。」「真的？你確定嗎？」

◈ Well, **really**! What a nasty thing to do.
哎呀，真糟糕！這件事真棘手。

（七）indeed 可表示「驚奇」、「不相信」、「諷刺」或「輕蔑」。如：

◈ "He left without finishing his work." "Did he, **indeed**?"
「他沒做完工作就走了。」「他真的這樣嗎？」

◈ "I earn one thousand dollars a minute." "**Indeed**!"
「我一分鐘賺一千美元。」「真的喔！」

◈ "I saw a ghost!" "**Indeed**? Where was it?"
「我看見鬼了！」「真的嗎？在哪裡？」

◈ A ghost **indeed**! I've never heard anything so ridiculous!
見鬼了！我可從沒聽說過這種荒謬的事！

## 2.2.2 次要片語感歎詞（phrasal secondary interjection）

次要片語感歎詞可分為以下幾類：

### 2.2.2.1 由「修飾語＋名詞、代名詞或形容詞」構成的次要片語感歎詞

此類片語很多，舉例如下：

◈ **Dear me**! What a mess!
　天啊！真是一團亂！

◈ **My goodness**!/**My gracious**! She has gone again!
　哎呀！她又走了！

◈ **Good gracious**! What shall I do?
　哎呀！我該怎麼辦？

◈ **Good heavens**! Where can I find her?
　天啊！我能在哪裡找到她呢？

### 2.2.2.2 由「原形動詞＋受詞」構成的次要片語感歎詞

此類片語很多，舉例如下：

◈ **Bless me**! I am glad to see you.
　老天保佑！見到你真高興。

◈ You've bought me a present? **Bless you**!
　你買了一件禮物給我？太感謝你了！

◈ **Bother this car**! It's always breaking down.
　這輛車真討厭！老是拋錨。

◈ **Confound you**, you're wasting my time!
　去你的，你在浪費我的時間！

◈ **Damn me**! I forgot his address and telephone number.
　該死！我把他的地址和電話號碼忘了。

◈ **Damn you**! How could you do such a thing?
　混蛋！你怎麼能做出這種事？

◈ **Dash it**! I have broken your glasses.
　糟糕！我把你的眼鏡弄壞了。

◈ **Drat that child**! He kicked the cat.
那孩子真討厭！他踢了那隻貓。

◈ Don't stay here, **beat it**!
不要待在這裡，走開！

2.2.2.3 由「介詞＋受詞」構成的次要片語感歎詞

有些次要片語感歎詞是由「介詞＋受詞」構成的。如：

| | |
|---|---|
| by (my) God<br>千真萬確，老天爺可以作證 | by (all) the powers<br>我的天啊！上帝啊！ |
| by cracky 哎呀！我的天呀！ | by George<br>天曉得！天啊！決不！誓必！ |
| By gigs 天啊！真的！ | By heaven(s) 天啊！老天在上！ |
| By golly 哎呀！好傢伙！糟糕！ | By George 的確，確實 |
| For shame 真可恥！ | Upon my soul 天啊！哎呀！ |

◈ **By cracky**! My father is here!
天啊！我爸爸在這兒！

◈ **By George**! It couldn't be that she was cheating me.
哎呀！她不可能是在騙我吧！

◈ **By Golly**! I'd never thought of this.
天啊！我從來沒有想到這點。

◈ **By gigs**! She is sick again.
天啊！她又病了。

◈ **By heaven**! This is too much!
天啊！受不了啦！

◈ **By George**! I don't know her at all.
我真的完全不認識她！

◈ **For shame**! Why did you cheat on the examination?
真可恥！你考試為什麼作弊？

◈ **Upon my soul**, you are wrong again!
哎呀，你又錯了！

## 2.2.2.4 其他次要片語感歎詞

另有一些片語的構成方法不同。如：

| | |
|---|---|
| There now!<br>你瞧！ | There, there! 好啦，好啦！ |
| So there! 就是這樣！ | Well done! 好極了！ |
| Well said! 說得好！ | Just my luck! 哎呀，又倒楣了！ |
| Well, I never!<br>啊，真想不到！ | Look out! 留神！當心！ |
| Right on! 對啊，你說得對 | Nothing doing!<br>糟了！不行了！完蛋了！ |
| So long! 再見！ | Hurry up! 快！ |

◈ **There now**! You see I was right.
你瞧！你現在知道我說的話是對的了吧。

◈ **There now**, it's not really that bad, is it?
好了，事情不是真的那麼糟，是不是？

◈ I'm not sorry I said it, **so there**.
我一點都不後悔說出來，說了又怎樣。

◈ Well, I won't apologize, **so there**.
哼，我不會道歉的，就是這樣。

◈ **There, there**! Don't cry!
　好啦，好啦！別哭了！

◈ **Well done**, young man!
　幹得好，年輕人！

◈ **Well said**, my friend!
　說得好，我的朋友！

◈ **Just my luck**! My car broke down on the expressway while it was raining hard.
　真倒楣！下大雨的時候，我的車在高速公路上拋錨了。

◈ **Well I never**! Here's that ring I lost two or three months ago.
　唉，真想不到，我兩、三個月前弄丟的戒指竟然在這裡！

◈ **Look out**! The cave is collapsing!
　當心！這個洞穴要倒塌了！

◈ "May I use your car today?" "**Nothing doing**! I want to use it myself."
　「我今天能用你的車嗎？」「不行！我自己要用。」

◈ **Right on**! Never trouble trouble till trouble troubles you.
　對啊！沒事別自找麻煩。

◈ I must be off now. **So long**!
　現在我該走了。再見！

◈ **Hurry up**! You will be late for school.
　快點！你上學要遲到了。

Chapter **18**

# 片語
# Phrase

# 1 概說

　　片語，又稱作短語或詞組。在傳統的文法中，片語是指由兩個或兩個以上的單字，圍繞一定的中心詞，根據一定的文法規則排列組合，具有特殊意義，可以擔任句子成分的語言單位。

　　能擔任句子成分的片語有：名詞片語（noun phrase）、形容詞片語（adjective phrase）、動詞片語（verb phrase）、不定詞片語（infinitive phrase）、動名詞片語（gerundial phrase）、分詞片語（participial phrase）、副詞片語（adverbial/adverb phrase）、介詞片語（prepositional phrase）和獨立片語（absolute phrase）。

# 2 名詞片語（noun phrase）

　　名詞片語一般是指由「兩個或多個名詞」或「名詞及其修飾語」構成的片語。

（一）「對等連接詞連接的兩個或多個名詞」可構成名詞片語。如：

◈ **Men and women** are equal.
男人和女人是平等的。
（men and women 是名詞片語。）

◈ This paragraph is the **meat and potatoes** of the article.
這一段是此文章的重點。
（meat and potatoes 是名詞片語。）

（二）「當作修飾的冠詞與其後的名詞」可構成名詞片語。
　　如：

◈ There's **a man** coming toward us.
有一個人朝我們走來。
（a man 是名詞片語。）

◈ I don't know **the man**.
我不認識那人。
（the man 是名詞片語。）

（三）「當作修飾的名詞與其後的名詞」可構成名詞片語。
　　如：

◈ He went to **<u>the bus stop</u>**.
他去公車站牌了。
（the bus stop 是由「定冠詞 the＋作修飾的名詞 bus 與其後的名詞 stop」構成的名詞片語。）

◈ She bought **<u>a gas stove</u>** yesterday.
她昨天買了一個瓦斯爐。
（a gas stove 是由「不定冠詞 a＋作修飾的名詞 gas 與其後的名詞 stove」構成的名詞片語。）

（四）「當作修飾的形容詞與其後的名詞」可構成名詞片語。
　　如：

◈ John Lennon, **the famous singer**, was killed in 1980.
著名歌手約翰‧藍儂在1980年被殺。
（the famous singer 是由「定冠詞 the＋作修飾的形容詞 famous 與其後的名詞 singer」構成的名詞片語。）

◈ I bought **a bar of chocolate**.
　我買了一條巧克力。
　　（a bar of chocolate 是由「形容詞片語 a bar of 與其後的名詞 chocolate」構成的名詞片語。）

（五）「當作修飾的介詞及其受詞（即介詞片語）與緊鄰其前的名詞（片語）」可構成名詞片語。如：

◈ The car **in front of the bank** is hers.
　銀行前面的那輛汽車是她的。
　　（the car in front of the bank 是由「作修飾的介詞及其受詞 in front of the bank 與緊鄰其前的名詞片語 the car」構成的名詞片語。）

（六）「當作修飾的不定詞或不定詞片語與緊鄰其前的名詞」可構成名詞片語。如：

◈ The meeting **to be held tomorrow** is very important.
　明天要開的會很重要。
　　（The meeting to be held tomorrow 是由「作修飾的不定詞片語 to be held tomorrow 與緊鄰其前的名詞片語 the meeting」構成的名詞片語。）

◈ **Water** **to drink** must be clean.
　飲用水必須乾淨。
　　（water to drink 是由「作修飾的不定詞 to drink 與緊鄰其前的名詞 water」構成的名詞片語。）

（七）「當作修飾的分詞或分詞片語與名詞」可構成名詞片語。

　A.「當作修飾的分詞與其後或其前的名詞」可構成名詞片語。如：

◈ Let **sleeping dogs** lie.
[諺]不要惹事生非。（讓睡著的狗睡著吧。）
（sleeping dogs 是由「作修飾的分詞 sleeping，與其後的名詞 dogs」構成的名詞片語。）

◈ None of **the people demonstrating** was a spy.
示威的人沒有一個是間諜。
（the people demonstrating 是由「作修飾的現在分詞 demonstrating，與其前面的名詞片語 the people」構成的名詞片語。）

◈ Only one of **the guests invited** didn't turn up.
受邀的來賓只有一個沒有到。
（the guests invited 是由「作修飾的過去分詞 invited，與其前面的名詞片語 the guests」構成的名詞片語。）

B.「當作修飾的分詞片語，與其前的名詞」可構成名詞片語。分詞片語作修飾時，只可置於被修飾的名詞之後。如：

◈ I have **a friend living in the city of New York**.
我有一個朋友住在紐約市。
（現在分詞片語 living in the city of New York 在名詞片語 a friend 的後面作修飾。）

◈ **Your letter dated May 20** has been received.
你五月二十號的來信已收到了。
（過去分詞片語 dated May 20 在名詞片語 your letter 後面作修飾。）

（八）「當作修飾的動名詞與其後的名詞」可構成名詞片語。如：

◈ They are in **the swimming pool**.
他們在游泳池裡。

（the swimming pool 是由「作修飾的動名詞 swimming 與其後的名詞 pool 及其前的定冠詞 the」構成的名詞片語。）

◈ I need some **typing paper**.
我需要一些打字紙。

（typing paper 是由「不定形容詞 some、動名詞 typing 與其後的名詞 paper」構成的名詞片語。）

（九）「當作修飾語的數詞與其後的名詞」可構成名詞片語。如：

◈ **One student** is reading the text, and the others are writing.
一個學生在讀課文，其他人在寫東西。

（one student 是由「作修飾語的數詞 one 與其後的名詞 student」構成的名詞片語。）

◈ I have told you **a thousand and one times**.
我跟你說過無數次了。

（a thousand and one times 是由「作修飾的數詞 a thousand and one 與其後的名詞 times」構成的名詞片語。）

（十）「名詞所有格或所有格形容詞與其後的名詞」可構成名詞片語。如：

◈ **Today's newspaper** says that three people were injured in the accident.
今天的報紙說三個人在事故中受傷。

（today's newspaper 是由「名詞所有格 today's 與其後的名詞 newspaper」構成的名詞片語。）

◈ I must fulfill **my duty** as a soldier.

我必須盡再為軍人的責任。

（my duty 是由「所有格形容詞 my 與其後的名詞 duty」構成名詞
片語。）

# 3 形容詞片語（adjective phrase）

　　形容詞片語是具有形容詞作用的片語，一般由兩個或多個形容詞和連接詞構成，或由形容詞及其修飾詞構成。

（一）「對等連接詞 and 或 but 連接兩個或多個形容詞」可構成
　　　形容詞片語。如：

◈ Your room is **large and tidy**.

你的屋子又大又整潔。

（large and tidy 是由「對等連接詞 and 連接 large 和 tidy 兩個形容
詞」構成的形容詞片語。）

◈ He is **young but clever**.

他雖年幼但很聰明。

（young but clever 是由「對等連接詞but 連接 young 和 clever 兩個
形容詞」構成的形容詞片語。）

（二）「當作修飾的程度副詞與形容詞」可構成形容詞片語。
　　　如：

◈ It is **very hot** today.

今天很熱。

（very hot 是由「作修飾的程度副詞 very，與形容詞 hot」構成的
形容詞片語。）

◈ The room was **awfully dirty**.

房間髒得可怕。

（awfully dirty 是由「修飾的程度副詞 awfully 與形容詞 dirty」構成的形容詞片語。）

◈ The road is **long enough**.

這條路夠長。

（long enough 是由「作後位修飾的程度副詞 enough 與其前的形容詞 long」構成的形容詞片語。）

（三）「當作後位修飾的介詞片語（即介詞及其受詞）與其前的形容詞」可構成形容詞片語。如：

◈ I am **sure of success**.

我確信會成功的。

（sure of success 是由「作後位修飾的介詞片語 of success 與其前的形容詞 sure」構成的形容詞片語。）

◈ The bottle is **full of water**.

瓶子裡裝滿了水。

（full of water 是由「作後位修飾的介詞片語 of water，與其前的形容詞 full」構成的形容詞片語。）

（四）「當作後位修飾的不定詞或不定詞片語與其前的形容詞」可構成形容詞片語。如：

◈ He is **sure to come**.

他一定會來的。

（sure to come 是由「作後位修飾的不定詞 to come，與其前的形容詞 sure」構成的形容詞片語。）

◈ Our boss is **easy** **to get along with**.
我們的老闆容易相處。

（easy to get along with 是由「作後位修飾的不定詞片語 to get along with 與其前的形容詞 easy」構成的形容詞片語。）

（五）「more, less, the most, the least 與其後的形容詞」構成的比較級或最高級，也是形容詞片語。如：

◈ This book is **more** **interesting** than that one.
這本書比那本書更有趣。

（more interesting 是由程度副詞 more，與其後面的形容詞 interesting」構成的比較級，也是形容詞片語。）

◈ This is **the most** **beautiful** bird I have ever seen.
這是我所見過的最漂亮的鳥。

（the most beautiful 是由 the most 與其後面被其修飾的形容詞 beautiful」構成的最高級，也是形容詞片語。）。

# **4** 動詞片語（verb phrase）

動詞片語是以主要動詞為中心詞，由兩個或多個字構成的片語。

（一）「表明動詞的時態、語氣或語態的助動詞＋主要動詞」可構成動詞片語。如：

◈ He **is** **reading** a novel.
他在看小說。

（is reading 是由「助動詞 is＋現在分詞 reading」構成的動詞片語。）←表現在進行式

◈ He **has worked** for that company for five years.
他已經為那家公司工作了五年。
（has worked 是由「助動詞 has＋過去分詞 worked」構成的動詞
片語。）←表現在完成式

◈ He **was beaten** black and blue.
他被打得鼻青臉腫。
（was beaten 是由「助動詞 was＋過去分詞 beaten」構成的動詞片
語。）←表被動

◈ She **can sing** folk songs.
她會唱民謠。
（can sing 是由「助動詞 can＋主要動詞 sing」構成的動詞片
語。）

◈ If you left now, you **should arrive** in good time.
如果你現在走的話，你就會及時到達。
（should arrive 是由「助動詞 should＋主要動詞 arrive」構成的動
詞片語。）

◈ I **do like** running.
我的確喜歡跑步。
（do like 是由「助動詞 do＋主要動詞 like」構成的動詞片語。）

（二）「對等連接詞 and 連接兩個或多個動詞」可構成動詞片
語。如：

◈ Spring **comes and goes**.
春去春又來。
（comes and goes 是由「對等連接詞 and 連接兩個動詞 comes 和
goes」構成的動詞片語。）

◈ They two **talked and talked** until midnight.
他們倆聊啊聊的，一直聊到半夜。

（talked and talked 是由「對等連接詞 and 連接兩個動詞 talked 和
talked」構成的動詞片語。）

（三）「當作修飾的副詞與其前面或其後面的動詞」可構成動
詞片語。如：

◈ He **spoke loudly**.
他大聲說。

（spoke loudly 是由「作修飾的副詞 loudly 與其前面的動詞
spoke」構成的動詞片語。）

◈ She **often smiles**.
她經常笑。

（often smiles 是由「作修飾的副詞 often 與其後面的動詞 smiles」
構成的動詞片語。）

（四）「作後位修飾的介詞片語（即介詞及其受詞）與其前的
動詞」可構成動詞片語。如：

◈ They **went to America**.
他們去美國了。

（went to America 是由「作後位修飾的介詞片語 to America 與其
前的動詞went」構成的動詞片語。）

◈ **Does** she **live with her mother**?
她和她的媽媽一起住嗎？

（live with her mother 是由「作後位修飾的介詞片語 with her
mother 與其前的動詞片語 does ... live」構成的動詞片語。）

（五）「動詞與其補語」可構成動詞片語。如：

◈ Her dream **has come true**.
她的夢想成真。
（has come true 是由「動詞片語 has come 與作補語的副詞 true」
構成的動詞片語。）

◈ While they were on their way to prison, two of the criminals **got free**.
罪犯被押往監獄的途中，其中兩人逃跑了。
（got free 是由「動詞 got 作補語的形容詞 free」構成的動詞片語。）

（六）有些固定搭配的「動詞＋副詞」、「動詞＋介詞」、「動詞＋副詞＋介詞」或「動詞＋名詞＋介詞」，可構成動詞片語，也可稱為片語動詞。如：

◈ If you want to have further information about this, **look up** this book.
如果你想要進一步了解關於此事的情況，就查閱這本書。
（look up 是由「動詞 look＋副詞 up」構成的動詞片語。）

◈ Who **looks after** the baby?
誰照料這個嬰兒？
（look after 是由「動詞 look＋介詞 after」構成的動詞片語。）

◈ Fast as you run, you can't **catch up with** Johnson.
雖然你跑得快，你也趕不上強森。
（catch up with 是由「動詞 catch＋副詞 up＋介詞 with」構成的動詞片語。）

◈ **Take care of** yourself.
自己保重。
（take care of 是由「動詞 take＋名詞 care＋介詞 of」構成的動詞片語。）

（七）「動詞與其受詞」可構成動詞片語。如：

◈ Mr. Wang **bought a new car**.
王先生買了一輛新車。
（bought a new car 是由「動詞 bought 與其受詞 a new car」構成的動詞片語。）

◈ We often **take a walk** after supper.
我們常常在晚飯後散步。
（take a walk 是由「動詞 take 與其受詞 a walk」構成的動詞片語。）

◈ "I **want to go** to school," a five-year-old child said.
「我要上學，」一個五歲的小孩說。
（want to go 是由「動詞 want 與作其受詞的不定詞 to go」構成的動詞片語。）

# **5** 不定詞片語（infinitive phrase）

不定詞片語是以不定詞為中心的非限定動詞片語。不定詞可與多種詞類構成不定詞片語。

（一）「不定詞與作其受詞的名詞、代名詞、子句或動名詞」可構成不定詞片語。如：

◈ She was not in the least surprised **to hear the news**.
她聽到這消息時一點也不驚訝。

（to hear the news 是由「不定詞 to hear 及作其受詞的名詞片語 the news」構成的不定詞片語。）

◈ I am glad **to meet you**.
我很高興見到你。

（to meet you 是由「不定詞 to meet 及作其受詞的代名詞 you」構成的不定詞片語。）

◈ He hurried to the railway station only **to find** **that the train had gone**.
他趕到火車站時，只發現火車已經開走了。

（to find that the train had gone 是由「不定詞 to find 及作其受詞的名詞子句 that the train had gone」構成的不定詞片語。）

◈ Mary says that she was born **to enjoy singing**.
瑪麗說她天生就愛唱歌。

（to enjoy singing 由「不定詞 to enjoy 及做其受詞的動名詞 singing」構成的不定詞片語。）

（二）「副詞與不定詞」可構成不定詞片語。如：

◈ I advised him **to start out** **early**.
我建議他早點動身。

（to start early 是由「副詞 early 與不定詞 to start out」構成的不定詞片語。）

◈ He made up his mind **to study** **harder**.
他決心更認真讀書。

（to study harder 是由「副詞 harder 與不定詞 to study」構成的不定詞片語。）

（三）「不定詞與作其補語的形容詞（片語）、名詞（片語）」可構成不定詞片語。

◈ Do you want **to be good or bad**?
　 你是想要當好人還是壞人？
　 （to be good or bad 是由「不定詞 to be 與作補語的形容詞片語 good or bad」構成的不定詞片語。）

◈ The boy says that he wants **to be a sailor** in the future.
　 這個男孩說他將來想當一名水手。
　 （to be a sailor 是由「不定詞 to be 與作補語的名詞片語 a sailor」構成的不定詞片語。）

（四）「介詞片語（即介詞及其受詞）與不定詞」可構成不定詞片語。如：

◈ Would you like **to go to the movies**?
　 你想去看電影嗎？
　 （to go to the movies 是由「介詞片語 to the movies 與其前的不定詞 to go」構成的不定詞片語。）

◈ He did not want **to stay in the hotel**.
　 他不想待在旅館裡。
　 （to stay in the hotel 是由「介詞片語 in the hotel 與其前的不定詞 to stay」構成的不定詞片語。）

◈ The task is difficult **for me to do**.
　 這項任務對我來說很難。
　 （for me to do 是由「介詞 for 及作其受詞的代名詞 me 與不定詞 to do」構成的不定詞片語。）

（五）「不定詞與受詞＋補語」可構成不定詞片語。如：

◈ I was angry **to hear her singing in her room all night**.
聽著她在她的房間裡整夜唱歌，我很生氣。

（to hear her singing in her room all night 是由「不定詞 to hear 與受詞 her＋作補語的現在分詞片語 singing in her room all night」構成的不定詞片語。）

◈ We decided **to choose him** to be **monitor**.
我們決定選他當班長。

（to choose him to be monitor 是由「不定詞 to choose 與受詞 him＋作補語的名詞monitor」構成的不定詞片語。）

◈ Father warned me **not to make Mother angry**.
父親提醒我別惹母親生氣。

（not to make Mother angry 是由「否定的不定詞 not to make 與受詞 mother 及補語 angry 構成的不定詞片語。）

◈ The general told his adjutant **to let Major Taylor in**.
將軍吩咐他的副官讓泰勒少校進來。

（to let Major Taylor in 是由「不定詞 to let 與受詞 Major Taylor＋作補語的副詞 in」構成的不定詞片語。）

◈ She advised me **to put all the books in order**.
她建議我把所有的書擺放整齊。

（to put all the books in order 是由「不定詞 to put 與受詞 all the books＋作補語的介詞片語 in order」構成的不定詞片語。）

◈ He told us **to name the child whatever we like**.
他對我們說給這孩子取什麼名字都行。

（to name the child whatever we like 是由「不定詞 to name 與受詞 the child＋作補語的名詞子句 whatever we like」構成的不定詞片語。）

# ⑥ 動名詞片語（gerundial phrase）

動名詞片語是以動名詞為中心的非限定動詞片語。動名詞可與多種詞類構成動名詞片語。

（一）「動名詞與其受詞」可構成動名詞片語。如：

◈ He enjoys **making friends**.

他喜歡結交朋友。

（making friends 是由「動名詞 making 與其受詞 friends」構成的動名詞片語。）

◈ Her only hobby is **collecting stamps**.

她唯一的嗜好是集郵。

（collecting stamps 是由「動名詞 collecting 與其受詞 stamps」構成的動名詞片語。）

（二）「當作修飾語的名詞所有格或所有格形容詞與其後的動名詞」可構成動名詞片語。如：

◈ Do you mind **my going**?

你介意我走嗎？

（my going 是由「作修飾語的所有格形容詞 my 與其後的動名詞 going」構成的動名詞片語。）

◈ They are talking about **their daughter's arriving**.

他們在談論他們女兒的到來。

（their daughter's arriving 是由「作修飾的名詞所有格 their daughter's 與其後的動名詞 arriving」構成的動名詞片語。）

（三）「副詞與其前或其後的動名詞」可構成動名詞片語。如：

◈ Please excuse him for **not telling you**.
請原諒他沒有告訴你。
（not telling you 是由「副詞 not 與其後的動名詞片語 telling you」構成的動名詞片語。）

◈ She didn't mention **starting off early**.
她沒有提到要早點出發。
（starting off early 是由「副詞 early 與其前面的動名詞片語 starting off」構成的動名詞片語。）

（四）「做副詞用的介詞片語（即介詞及其受詞）與其前面的動名詞」可構成動名詞片語。如：

◈ **Trying without success** is better than not trying at all.
試了而不成功比什麼都不試好。
（trying without success 是由「作副詞用的介詞片語 without success 與其前面的動名詞 trying」構成的動名詞片語。）

◈ He insisted on **leaving for Japan**.
他堅持去日本。
（leaving for Japan 是由「介詞片語 for Japan 與其前面的動名詞 leaving」構成的動名詞片語。）

（五）表示某種時態或語態的動名詞也是動名詞片語。如：

◈ He doesn't like **being disturbed while reading**.
他不喜歡在讀書時被打擾。
（表示被動的 being disturbed ＋分詞構句 while reading 是動名詞片語。）

◈ She didn't mention **having met you**.
她沒有提過見到了你。

（表示完成的 having met you 是動名詞片語。）

（六）「否定副詞 no＋動名詞」可構成動名詞片語，此種動名
　　詞片語常用於簡短的要求或命令。如：

◈ **No talking loudly** in the library, please.
圖書館裡請勿大聲講話。

（no talking loudly 是由「否定副詞 no＋動名詞片語 talking
loudly」構成的動名詞片語。）

◈ **No smoking in the hospital**, please.
醫院內請勿吸菸。

（no smoking 是由「否定副詞 no＋動名詞片語 smoking in the
hospital」構成的動名詞片語。）

（七）「動詞 do 與動名詞」可構成動名詞片語，動名詞之前通
　　常帶有定冠詞、名詞所有格、所有形容詞或表示數量的
　　形容詞。如：

◈ I usually **do my shopping** on weekends.
我通常在週末採購。

（do my shopping 是由「動詞 do 與被所有形容詞 my 修飾的動名
詞 shopping」構成的動名詞片語。）

◈ Let me **do the translating**.
讓我來翻譯。

（do the translating 是由「動詞 do 與被定冠詞修飾的動名詞
translating」構成的動名詞片語。）

（八）「介詞與其後的動名詞」可構成動名詞片語。如：

◈ **On returning home after work**, he found that his house had been burglarized.

下班回家後，他發現他的家被偷了。

（on returning home after work 是由「介詞 on 與其後的動名詞片語 returning home after work」構成的動名詞片語。）

◈ She never comes to see me **without bringing some presents for my child**.

她每次來看我總帶些禮物給我的小孩。

（without bringing some presents for my child 是由「介詞 without 與其後的動名詞片語 bringing some presents for my child」構成的動名詞片語。）

# 7 分詞片語（participial phrase）

分詞片語是以分詞為中心的非限定動詞片語。分詞可與多種詞類構成分詞片語。

（一）「分詞與其受詞」可構成分詞片語。如：

◈ **Following this road**, you will find the bus stop.

沿著這條路走，你就會找到公車站牌。

（following this road 是由「分詞 following 與其受詞 this road」構成的分詞片語。）

◈ Do you know the girl **making paper flowers**?

你認識做紙花的那個女孩嗎？

（making paper flowers 是由「分詞 making 與其受詞 paper flowers」構成的分詞片語。）

（二）「作副詞用的介詞片語（即介詞及其受詞）與其前的分詞」可構成分詞片語。如：

◈ **Walking along the street**, he saw a bar.
他走在街上時，看見了一個酒吧。
（walking along the street 是由「作副詞用的介詞片語 along the street 與其前的分詞 walking」構成的分詞片語。）

◈ **Being caught in the rain**, he got a cold.
由於淋了雨，他感冒了。
（being caught in the rain 是由「作副詞用的介詞片語 in the rain 與其前面的分詞 being caught」構成的分詞片語。）

（三）「副詞與分詞」可構成分詞片語。如：

◈ He came into the room **laughing loudly**.
他大笑著走進屋子。
（laughing loudly 是由「副詞 loudly 與其前的分詞 laughing」構成的分詞片語。）

◈ **Frankly speaking**, I don't like to eat potatoes.
說實話，我不喜歡吃馬鈴薯。
（frankly speaking 是由「副詞 frankly 與其後的分詞 speaking」構成的分詞片語。）

（四）表示某種時態或語態的分詞也是分詞片語。如：

◈ **Being punished**, he cried.
由於受到懲罰，他哭了。
（分詞的被動式 Being punished 也是分詞片語。）

◈ **Having graduated**, he became a worker.
他畢業後當了工人。
（分詞的完成式 having graduated 也是分詞片語。）

（五）「連接詞與分詞片語」構成的分詞片語。如：

◈ **After having taken the medicine**, I feel much better.
吃過藥後，我覺得好多了。
（After having taken the medicine 是由「連接詞 after 與分詞片語
having taken the medicine」構成的分詞片語。）

◈ **While fighting in France**, he sustained a head injury.
在法國打仗時，他頭部受了傷。
（While fighting in France 是由「連接詞 while 與分詞片語 fighting
in France」構成的分詞片語。）

# 8 副詞片語（adverbial/adverb phrase）

副詞片語是以副詞為中心，一般會由 and 等對等連接詞連接
兩個或多個副詞，或副詞及其狀語構成的片語。

（一）「對等連接詞 and, or 等連接兩個或多個副詞」可構成副
詞片語。如：

◈ I tried **again and again**.
我試了一遍又一遍。
（again and again 是由「對等連接詞 and 連接兩個副詞 again」構
成的副詞片語。）

◈ She types **quickly and correctly**.
她打字快速且正確。
（quickly and correctly 是由「對等連接詞 and 連接兩個副詞
quickly 和correctly」構成的副詞片語。）

◈ If you don't study hard, **sooner or later** you will regret it.
如果你不用功讀書,你遲早會後悔的。
（sooner or later 是由「對等連接詞 or 連接兩個副詞 sooner 和 later」構成的副詞片語。）

（二）「程度副詞與其他副詞」可構成副詞片語。如：

◈ He runs **extremely fast**.
他跑得快極了。
（extremely fast 是由「程度副詞 extremely 與副詞 fast」構成的副詞片語。）

◈ He can finish that **much quicker**.
他能以快得多的速度完成。
（much quicker 是由「程度副詞 much 與比較級的副詞 quicker」構成的副詞片語。）

◈ The teacher speaks **clearly enough**.
老師說得夠清楚。
（clearly enough 是「程度副詞 enough 與副詞 clearly」構成的副詞片語。）

（三）「作副詞用的介詞片語（即介詞及其受詞）與其前的副詞」可構成副詞片語。如：

◈ He set out **early in the morning**.
他一大早就出發了。
（early in the morning 是由「作副詞用的介詞片語 in the morning 與其前面的副詞 early」構成的副詞片語。）

◈ I saw Father standing **far away in the distance**.
我看見父親站在很遠的地方。
（far away in the distance 是由「作副詞用的介詞片語 in the distance 與其前的副詞片語 far away」構成的副詞片語。）

（四）「作副詞用的不定詞或不定詞片語與其前的副詞」可構成副詞片語。如：

◈ Don't be rude! I am old **enough to be your father**.
不得無禮！我的年紀足以當你的爸爸。
（enough to be your father 是由「作副詞用的不定詞片語 to be your father 與其前的副詞 enough」構成的副詞片語。）

◈ He spoke **too quickly to make himself understood**.
他講話太快了，讓人聽不清楚。
（too quickly to make himself understood 是由「作副詞用的不定詞片語 to make himself understood 與其前的副詞片語 too quickly」構成的副詞片語。）

（五）「副詞與表示比較的結構」可構成副詞片語。如：

◈ John speaks French **more fluently than his elder brother**.
約翰的法文說得比他哥哥更流利。
（more fluently than his elder brother 是由「比較級的副詞 more fluently 與表示比較的結構 than his elder brother」構成的副詞片語。）

◈ He drives **as carefully as his wife**.
他開車和他的太太一樣小心。
（as carefully as his wife 是由「程度副詞 as ＋副詞 carefully 與表示同級比較的結構 as his wife」構成的副詞片語。）

（六）「名詞與副詞」可構成副詞片語。如：

◈ He was lying on the bed **face upward**?
他臉朝上在床上躺著。

（face upward 是由「名詞 face 與副詞 upward」構成的副詞片語。）

# 9 介詞片語（prepositional phrase）

介詞片語是由「介詞及其受詞」構成的片語。如：

（一）「介詞與名詞」可構成介詞片語。

◈ This old lady saw the traffic accident **by chance**.
這位老太太無意間看到這起交通事故。

（by chance 是由「介詞 by 與作其受詞的名詞 chance」構成的介詞片語。）

◈ Who is **in charge of the department**?
誰負責這個部門？

（in charge of the department 是由介詞片語 in charge of 與作其受詞的名詞片語 the department」構成的介詞片語。）

（二）「介詞與代名詞」可構成介詞片語。如：

◈ I want to cross the street **by myself**.
我要自己過馬路。

（by myself 是由「介詞 by 與作其受詞的反身代名詞 myself」構成的介詞片語。）

◈ They discussed the problem **between themselves**.
他們私下討論過那個問題。
（between themselves 是由「介詞 between 與作其受詞的反身代名詞 themselves」構成的介詞片語。）

（三）「介詞與動名詞或動名詞片語」可構成介詞片語。如：

◈ **In discussing the plan**, we should ensure that it is based on reality.
討論計畫時，我們應該保証會從現實出發。
（In discussing the plan 是由「介詞 in 與作其受詞的動名詞片語 discussing the plan」構成的介詞片語。）

◈ He earns his living **by selling clothes**.
他靠賣服裝為生。
（by selling clothes 是由「介詞 by 與作其受詞的動名詞片語 selling clothes」構成的介詞片語。）

（四）「介詞與少數形容詞（在現代英文中已把這些形容詞視為名詞）」可構成介詞片語。如：

◈ This man has spoken for two hours, but **in short**, he has said nothing important.
這個男人已經講了兩個小時，簡言之，他沒有說到什麼重要的事。
（in short 是由「介詞 in 與作其受詞的形容詞 short」構成的介詞片語。）

◈ I know **for certain** that he has a villa in the suburbs.
我的確知道他在郊區有一棟別墅。
（for certain 是由「介詞 for 與作其受詞的形容詞 certain」構成的介詞片語。）

（五）「介詞與少數表示時間、地點或頻率的副詞（在現代英文中已把這些副詞視為名詞），以及某些副詞片語」可構成介詞片語。如：

◈ Helen will graduate from Yale in three years. **By then** her grandmother will be seventy-five years old.

海倫三年後將從耶魯大學畢業。到時候她的祖母將年屆七十五歲了。

（by then 是由「介詞 by 與表示時間的副詞 then」構成的介詞片語。）

◈ The university in which he studies is not far **from here**.

他就讀的那所大學離這裡不遠。

（from here 是由「介詞 from 與表示地點的副詞 here」構成的介詞片語。）

◈ People came **from far and near** to see the performance.

來自各地的人都來看這場演出。

（from far and near 是由「介詞 from 與地方副詞片語 far and near」構成的介詞片語。）

◈ He hasn't seen anybody **since three years ago**.

從三年前到現在他沒有見過任何人。

（since three years ago 是由「介詞 since 與時間副詞片語 three years ago」構成的介詞片語。）

（六）「介詞與介詞片語」可構成介詞片語。如：

◈ It was **from across the river** that the girl came.

這個女孩是從河的對岸來的。

（from across the river 是由「介詞 from 與表示地點的介詞片語 across the river」構成的介詞片語。）

◈ Don't sell the vase **for under twenty dollars**.
低於二十元就不要賣這個花瓶。
（for under twenty dollars 是由「介詞 for 與表示價值的介詞片語 under twenty dollars」構成的介詞片語。）

◈ She has been busy **since before Christmas**.
她從耶誕節前就一直忙碌。
（since before Christmas 是由「介詞 since 與時間介詞片語 before Christmas」構成的介詞片語。）

◈ They went there on foot **instead of by car**.
他們沒有開車，而是步行去了那裡。
（instead of by car 是由「複合介詞 instead of 與表示方式的介詞片語 by car」構成的介詞片語。）

（七）「介詞＋疑問詞＋不定詞」可構成介詞片語。如：

◈ I have no idea **of what to do**.
我不知道該做什麼。
（of what to do 是由介詞 of 與疑問詞＋不定詞構成的名詞片語 what to do」構成的介詞片語。）

◈ He was at a loss **as to how to deal with the situation**.
他驚慌失措，不知如何應付此局面。
（as to how to deal with the situation 是由複合介詞 as to 與疑問詞＋不定詞構成的名詞片語 how to deal with the situation」構成的介詞片語。）

（八）「介詞與子句」可構成介詞片語。
A.「介詞與疑問代名詞或疑問副詞引導的名詞子句」可構成介詞片語。如：

◈ We have definite ideas **about how the company should be run**.

我們對於應該如何經營此公司有具體的想法了。

（about how the company should be run 是由「介詞 about 與疑問副詞引導的名詞子句 how the company should be run」構成的介詞片語。）

B.「介詞與複合關係代名詞引導的名詞子句」可構成介詞片語。如：

◈ She is quite different **from what she used to be**.

她和以前完全不同了。

（from what she used to be 是由「介詞 from 與複合關係代名詞引導的名詞子句 what she used to be」構成的介詞片語。）

◈ He succeeds **in whatever he undertakes**.

他做任何事情都成功。

（in whatever he undertakes 是由「介詞 in 與複合關係代名詞引導的名詞子句 whatever he undertakes」構成的介詞片語。）

C.「介詞 in, except, but, save 與 that 引導的名詞子句」可以構成介詞片語。如：

◈ He takes after his mother **in that he is fond of painting**.

他像他母親那樣喜歡繪畫。

（in that he is fond of painting 是由「介詞 in 與名詞子句 that he is fond of painting」構成的介詞片語。）

◈ I would go abroad **but that I am poor**.
要不是我窮的話，我就出國了。
（but that I am poor 是由「介詞 but 與名詞子句 that I am poor」構成的介詞片語。）

D.「介詞與連接詞 whether ... (or not) 引導的名詞子句」可構成介詞片語。如：

◈ Why are you concerned **about whether he can escape**?
你為什麼關心他能否逃跑呢？
（about whether he can escape 是由「介詞 about 與連接詞引導的名詞子句 whether he can escape」構成的介詞片語。）

◈ My departure will depend **upon whether I get leave or not**.
我是否會動身離開須視請假許可與否而定。
（upon whether I get leave or not 是由「介詞 upon 與連接詞引導的名詞子句 whether I get leave or not」構成的介詞片語。）

E.「介詞與表示感歎的子句」可構成介詞片語。如：

◈ He is talking **about what a wonderful birthday he was having**.
他在談論他的生日過得多麼愉快。
（about what a wonderful birthday he was having 是由「介詞 about 與疑問詞所引導，表示感歎的子句 what a wonderful birthday he was having」構成的介詞片語。）

◈ She has no idea **of how luxurious a villa her husband has bought**.

她不知道他的丈夫買了一棟多麼豪華的別墅。

（of how luxurious a villa her husband has bought 是由「介詞 of 與疑問詞所引導，表示感歎的名詞子句 how luxurious a villa her husband has bought」構成的介詞片語。）

# 10 獨立片語（absolute phrase）

獨立片語一般沒有規律性的結構。可以當獨立片語的有：

（一）感歎詞片語都是獨立片語。

感歎詞片語是指具有感歎詞作用的字串，用來表示帶有強烈喜怒哀樂情緒或感情的聲音或叫喊，可表示感歎或驚訝。如：

◈ **Oh dear**! You run so fast.

唉呀！你跑得真快。

（感歎詞片語 oh dear 當獨立片語。）

◈ **For goodness' sake**! Tell me the truth.

看在老天爺的份上，跟我說實話吧！

（感歎詞片語 for goodness' sake 當獨立片語。）

（二）在特定的情況下，某些分詞片語、不定詞片語、介詞片語、名詞片語等都可以當獨立片語。如：

◈ **As a matter of fact**, I didn't want to go to the party.

其實，我不想參加派對。

（介詞片語 as a matter of fact 當獨立片語。）

◈ **Properly speaking**, she's not a nurse, as she hasn't been trained.

嚴格來說，她不是護士，因為她沒受過訓練。

（分詞片語 properly speaking 當獨立片語。）

◈ **To tell the truth**, I don't understand what you are talking about.

老實說，我不懂你在說什麼。

（不定詞片語 to tell the truth 當獨立片語。）

◈ **In my opinion**, he is right.

在我看來，他是對的。

（介詞片語 in my opinion 當獨立片語。）

◈ **No doubt** this is the best.

毫無疑問，這是最好的。

（名詞片語 no doubt 當獨立片語。）

注：有些獨立片語如 no doubt, without doubt, of course 等後面的逗點，可
　　省略。

# 文法索引

# 參考書目

Adams, V.
1973    *An Introduction to Modern English Word-Formation*, London: Longman

Alexander, L.G.
1976    *New Concept English*, London: Longman
1988    *Longman English Grammar*, New York: Longman 雷航等譯（1991）《朗曼英語語法》，北京：外語教學與研究出版社

Alexander, L.G. et al
1977    *English Grammatical Structure*, London: Longman

Barnhart, C.L. & Barnhart, R.K.
1981    *The World Book Dictionary*, Chicago: World Book-Childcraft International, Inc.

Bauer, L.
1983    *English Word-Formation*, Cambridge University Press

Berube, M.S et al
1993    *The American Heritage College Dictionary*, Boston: Houghton Mifflin Company, Third Edition

Brown, E.K. & Miller J.E.
1982    *Syntax: Generative Grammar*, London: Longman

Chan, W. H.
1975    *A Daily Use English-Chinese Dictionary* 詹文滸主編《求解、作文、文法、辨義四用辭典》，香港：世界書局

Chang, C. C.
1963　*A Concise English-Chinese Dictionary* 張其春、蔡文縈編《簡明英漢詞典》，北京：商務印書館

Chang, F. C.
1985　*Oxford Advanced Learner's Dictionary of Current English with Chinese Translation,* Third Edition 張芳傑主編《牛津現代英漢雙解辭典》第三版・香港：牛津大學出版社

Chang, F. C. et al
1989　*English Grammar for High School,* Third Edition, Taipei: National Compilation Committee 張芳傑等編著《高級中學英文文法》第三版，臺北：國立編譯館

Chang, T. C. & Wen, C. T.
*A Comprehensive English Grammar* 張道真、溫志達編著《英語語法大全》，北京：外語教學與研究出版社

Chang, T. C.
1981　*A Dictionary of Commonly Used English Verbs* 張道真編著《英語常用動詞用法詞典》，上海：上海譯文出版社
1987　*A Dictionary of Current English Usage* 張道真編著《現代英語用法詞典》，上海：上海譯文出版社
1995　*A Practical English Grammar* 張道真編著《實用英語語法》修訂本，北京：外語教學與研究出版社

Chao, C. T.
1998　*A Dictionary of Answers to Common Questions in English* 趙振才編著《英語常見問題解答大詞典》，哈爾濱：黑龍江人民出版社

Chao, C. Y.
1999　*A Dictionary of the Usage Of English Adverb & Their Transformational Forms* 趙俊英《英語副詞用法・轉換形式詞典》，濟南：山東友誼出版社

Ch'ên, T. Y. & Hsia, D. H.
　1986　*A Practical English Grammar* 陳則源、夏定雄譯《牛津實用英語語法》，北京：牛津大學出版社

Chiang, C.
　1988　*Secrets of English Words* 蔣爭著《英語辭彙的奧秘》，北京：中國國際廣播出版社
　1998　*Classified English-Chinese Dictionary of English Word Roots, Prefixes and Suffixes* 蔣爭著《英語字根、字首、字尾分類字典》，北京：世界圖書出版公司

Chou K. C.
　*An English-Chinese Dictionary with Usage Notes* 周國珍主編《英漢詳注詞典》，上海：上海交通大學出版社

Chuang, Y. C. et al
　2000　*Practical English Usage,* Second Edition 莊繹傳等譯《英語用法指南》第二版，北京：外語教學與研究出版社

Ehrlich, E. et al
　1980　*Oxford American Dictionary*, New York: OxfordUniversity Press

Flexner, S. B.
　1993　*Random House Unabridged Dictionary*, Second Edition, New Work: Random House

HO, K. M. et al
　1978　*Dictionary of American Idioms* 何光謨等編《美國成語大詞典》，香港：成文出版社

HO, L. M.
　1994　*Ho's Complete English Grammar* 賀立民編著《賀氏英文法全書》臺北：賀立民出版

Hornby A. S.
1989　*Oxford Advanced Learner's Dictionary*, Fourth Edition, Oxford: University Press

Hsing, T. Y.
1996　*A Complete Dictionary of English-Chinese Idiomatic Phrases* 邢志遠主編《英漢慣用語大詞典》，北京：新世界出版社

Hsü, L. W.
1984　*A Practical Grammar of Contemporary English* 徐立吾主編《當代英語實用語法》，長沙：湖南教育出版社

Huang, T. W.
1985　*English Clauses —Grammar and Usage* 黃子文編著《英語子句——語法和慣用法》，北京：商務印書館

Jesperson, O.
1933　*Essentials of English Grammar*, London: Allen and Unwin

Ko, C. H.
1994　*New English Grammar* 柯旗化編著《新英文法》增補修訂版，臺北：第一出版社

Ko, C. K. et al
1982　*Dictionary of English Phrasal Verbs with bilingual explanations* 葛傳槼等編著《英漢雙解英語片語動詞詞典》，上海：上海譯文出版社

Li, P. D.
1997　*Oxford Advanced Learner's English-Chinese Dictionary*, Fourth Edition, the Commercial Press Oxford University Press 李北達編譯《牛津高級英漢雙解辭典》第四版，北京：商務印書館

Liang, S. C.
1975  *Far East English-Chinese Dictionary* 梁實秋主編《遠東英漢大辭典》,臺北:遠東圖書公司

Lin, C. C.
*A Study of Prepositions* 林照昌編著《英文介詞大全》,臺北:文友書局

Liu, Y.
*A Dictionary of English Word Roots* 劉毅編著《英文字根字典》,北京:外文出版社
*Treasury of English Grammar* 劉毅編著《英語語法寶典》,臺北:學習出版有限公司

Murphy, R.
1985  *English Grammar in Use*, Cambridge: University Press

Neufeldt, V. et al
1997  *Webster's New World College Dictionary*, Third Edition, New York: Macmillan

Orgel, J. R.
1966  *Comprehensive English in Review*, New York: Oxford Book Company, Inc.

Palmer, F. R.
1987  *The English Verb*, Second Edition, London: Longman

Pearsall, J. et al
2001  *The New Oxford Dictionary of English*, Hanks Clarendon Press, Oxford

Po, P.
1990  *An Advanced English Grammar* 薄冰主編《高級英語語法》,北京:高等教育出版社
1998  *English Grammar* 薄冰編著《英語語法》,北京:開明出版社

Procter, P. et al
1978 *Longman Dictionary of Contemporary English*, London: Longman

Quirk, R. et al
1985 *A Comprehensive Grammar of the English Language*, New York: Longman

Senkichiro Katsumata
1985 *Kenkyusha's New Dictionary of English Collocations*, First Edition, Tokyo: Kenkyusha

Sinclair, J. et al
1995 *Collins Cobuild English Dictionary*, New Edition, London: Harper Collins Publishers
1999 *Collins Cobuild English Grammar* 任紹曾等譯《Collins Cobuild 英語語法大全》，北京：商務印書館

Slager, W. R.
1977 *English for Today*, Second Edition, U.S.A. McGraw-Hill International Book Company

Spears, R. A. et al
1992 *American Idioms Dictionary* 陳惟清等譯《美國成語詞典》，北京：人民教育出版社

Swan, M.
1995 *Practical English Usage*, Oxford: University Press

Thomson, A. J. & Martinet, A.V.
1979 *A Practical English Grammar*, Oxford: University Press

Tong, S. C.
1979 *New Concise English-Chinese Dictionary* 董世祁主編《新簡明英漢詞典》，臺北：哲志出版社

Wang, T. Y.
1987 *The English-Chinese World-Ocean Dictionary* 王同億主編《英漢辭海》，北京：國防工業出版社

Wang, W. C.
1991 *A Dictionary of English Collocations* 王文昌主編《英語搭配大辭典》，南京：江蘇教育出版社

Wood, F. T. et al
1983 *English Prepositional Idioms* 余士雄、余前文等譯《英語介詞習語詞典》，北京：知識出版社

Wu, K. H.
1991 *A Modern Comprehensive English-Chinese Dictionary* 吳光華主編《現代英漢綜合大辭典》，上海：上海科學技術文獻出版社

Wu, W. T., Chu, C. Y. & Yin, C. L.
1986 *A Dictionary of English Grammar* 吳慰曾、朱寄堯、殷鍾崍主編《英語語法詞典》，成都：四川人民出版社

Yan, Y. S.
1988 *Eurasia's Modern Practical English-English English-Chinese Dictionary* 顏元叔主編《歐亞最新實用英英、英漢雙解辭典》，臺北：歐亞書局

張昌柱等譯
1992 《朗曼英語片語動詞大詞典》，石家莊：河北教育出版社

廈門大學外文系
1985 *A Comprehensive Dictionary of English Idioms and Phrases*《綜合英語成語詞典》，福州：福建人民出版社

蘇州大學「英語語法大全」翻譯組
1989 《英語語法大全》，上海：華東師範大學出版社

吳炳鍾英語教室
# 實用英語文法百科 5

2012年5月初版　　　　　　　　　　　　　　　　定價：新臺幣290元
有著作權·翻印必究
Printed in Taiwan.

| 著　者 | 吳炳鍾 |
| 發行人 | 吳炳文 |
| | 林載爵 |

| | | | | |
|---|---|---|---|---|
| 出　版　者 | 聯經出版事業股份有限公司 | 叢書編輯 | 李　　芃 |
| 地　　　址 | 台北市基隆路一段180號4樓 | 校　對 | 林雅玲 |
| 編輯部地址 | 台北市基隆路一段180號4樓 | 封面設計 | 翁國鈞 |
| 叢書主編電話 | (02)87876242轉226 | 內文排版 | 陳如琪 |
| 台北聯經書房 | 台北市新生南路三段94號 | | |
| 電　　　話 | (02)23620308 | | |
| 台中分公司 | 台中市健行路321號 | | |
| 暨門市電話 | (04)22371234ext.5 | | |
| 郵政劃撥帳戶 | 第0100559-3號 | | |
| 郵撥電話 | (02)23620308 | | |
| 印　刷　者 | 文聯彩色製版印刷有限公司 | | |
| 總　經　銷 | 聯合發行股份有限公司 | | |
| 發　行　所 | 台北縣新店市寶橋路235巷6弄6號2樓 | | |
| 電　　　話 | (02)29178022 | | |

行政院新聞局出版事業登記證局版臺業字第0130號

本書如有缺頁，破損，倒裝請寄回台北聯經書房更換。　ISBN　978-957-08-3984-5 (平裝)
聯經網址：www.linkingbooks.com.tw
電子信箱：linking@udngroup.com

國家圖書館出版品預行編目資料

**實用英語文法百科**5/吳炳鍾、吳炳文著 .
初版 . 臺北市 . 聯經 . 2012年5月（民101年）.
304面 . 14.8×21公分（吳炳鍾英語教室）
ISBN 978-957-08-3984-5（平裝）

1.英語 2.語法

805.16                                                            101006584